페미니즘 희곡선

최용훈 옮김

북코리아

책머리에

지난 수세기에 걸친 페미니즘의 역사에서 오늘날처럼 다양한 담론들이 홍수를 이룬 적도 없었다. 이름도 채 외우지 못한 가운데 또 다시 새로운 용어를 대할 때, 가끔 이 시대의 페미니즘 이론이 추구하는 바가 무엇인가 하는 허망한 의문에 사로잡히기도 한다. 울스턴 크래프트의 『여성 권리의 옹호』가 출간된 1792년 이래 지난 200여 년의 세월이 생성한 수 많은 페미니즘의 이론들은 참으로 광범위한 토픽을 다루어 왔으며, 여성에 관한 가히 전 분야의 문제점을 제기해 왔다. 주로 여성학자들의 섬세한 관찰과 통찰력에 의해……

1960년대 이후 페미니즘은 미국을 중심으로 우먼리브의 영향을 받고 마르크스주의 및 기호학과 접촉하면서 이론적 발전을 이루었다. 또한 1980년대와 1990년대 포스트 모더니즘, 탈구조주의, 탈식민주의 담론등의 문학이론과 접목되어 페미니즘은 보다 다양하고 확장된 영역을 다루기 시작하였다. 정신분석 페미니즘, 탈식민주의 페미니즘, 레즈비언 페미니즘, 에코 페미니즘, 시네 페미니즘 등, 다양한 관점과 관심이 20세기 페미니즘의 이론적·철학적 배경을 이루어왔으며 그 다채로운 논의들 속에서 페미니즘의 영역이 여성문제를 넘어 인간 자체의 문제로 확장되었음은 주지의 사실이다.

희곡의 역사에서 여성은 남성 만큼이나 다양한 형태로 다루어지고 묘사되어 왔다. 그리스의 희곡 『라지스트라타』에 등장한 여인들의 걸쭉한 입담, 전쟁에 몰두하는 남편들과의 잠자리를 거부한 섹스 스트라이크의 주인공들은 오늘날의 반전·평화주의자의 모습을 닮았다. 셰익스피어의 소네트에 등장하는 여인들은 '시간의 굽은 낫'으로도 파괴할 수 없는 영원의 대상으로 그려졌으며, 레이디 맥베스의 탈여성화 호소는 권력에의 의지 그 자체였다. 근대에 이르러 사실주의 연극의 대두와 더불어 무대 위의 여성은 보다 강력하고 개성적인 위치를 확보하게 된다. 입센의 로라, 헤다 가블러, 스트린드베리의 미스 줄리, 버나드 쇼의 캔디다 등, 독립적이면서 진보적인 여성들이 무대를 누비게 되었던 것이다.

그러나 작품 속에 드러나는 여성상의 변화나 보다 철학적·근원적인 페미니즘 이론의 모색에도 불구하고 오늘날 여성들의 권리와 삶의 모습은, 적어도 부분적으로는, 과거의 어두운 그림자에서 완전히 벗어난 것으로 보이지는 않는다. 세계의 여러 지역에서 여성은 아직도 매매의 대상으로 남아있으며, 소위 '명예살인'이라는 이름으로 매년 수천 명의 헤스터 프린들이 가족들의 손에 살해되고 있다. 더욱이 우리 사회 일각에서 움트고 있는 '황혼이혼'의 실상은 억눌린 여성의 정체성이 여전히 역사의 진전과 거리가 먼 모습으로 방황하고 있음을 느끼게 한다.

이러한 현실을 반영하듯 1970년대 이후 씌어진 영미극 중 다수의 작품들이 초기 사실주의가 그려낸 여성상과는 비교도 되지 않는 원시적 페미니즘의 양태를 보이고 있음은 역사의 아이러니라 아니할 수 없을 것이다. 필자가 1990년대에 번역해 국내 무대에 소개한 작품들 가운데에도 그러한 범주의 작품들을 찾아볼 수 있다. 극단 실험극장의 『셜리 발렌타인』, 극단 여인극장의 『남자 가정부』와 『마스터 클래스』, 백성희 선생 50주년 기념공연인 『혼자 사는 세 여자』 등이 모두 자신의 정체성을 모색하는 여성들의 노력을 때로는 소박하게 때론 절박하게 묘사하는 작품들이다.

　본서에서는 그 중 배우 손 숙씨가 출연했던 모노드라마『셜리 발렌타인』과 백성희 선생의『혼자 사는 세 여자』를 수록하고 있다. 두 작품 모두 필자에게는 특별히 의미있는 무대였다. 특히『셜리 발렌타인』의 경우, 실험극장을 통해 지난 수십 년간 한국의 연극무대를 지켜 왔던 고 김동훈 선생의 유작연출로 상연되있다는 점에서 오랫 동안 필자의 기억 속에 자리잡고 있다.

　위의 두 편에 덧붙여 초기 사실주의 연극의 거두인 스트린드베리의 『아버지』를 첨가한 것은 이 작품을 통해 페미니즘 연구가 희곡분야에서도 보다 활발히 전개되는 단초를 제시하고 싶다는 의욕에서 비롯된 것이었다. 아울러 세 편의 희곡을 통해 우리 사회 속 여성의 위치를 다시 돌아볼 기회가 되기를 기대한다.

2000년 12월
최 용 훈

페미니즘 희곡선 · 차례

아버지
Father

아우구스트 스트린드베리
(August Strindberg)
(1849~1912)

　스웨덴 출신으로는 최초로 국제적인 명성을 얻은 작가. 50여 편의 희곡과 더불어 소설 및 넌픽션 등 다양한 장르의 작품을 남겼다. 1895 년까지는 『아버지 Father』(1887) 『미스 줄리 Miss Julie』(1888) 등 주로 사실주의적인 희곡을 썼다. 두 편의 희곡을 통해 스트린드베리는 초기 사실주의 무대에 새로운 여성상을 제시하고 있다. 신분의 탈을 벗어던 지고 하인과 사랑의 행위를 벌이는 미스 줄리, 남편의 전횡에 도전하 여 악마적 성공을 거두는 로라의 모습은 주어진 상황을 숙명으로 받 아들이며, 자기 파괴의 길로 들어서는 과거의 여성상과 선명한 대조를 이루고 있다. 이후 개인적으로 심각한 정신적 방황 속에 삶과 예술에 대한 관점에 큰 변화를 겪는다. 1890년대 후반에 발표한 The Dream Play(1902), The Ghost Sonata(1907) 등은 표현주의 극의 선두적 작품 으로 간주되고 있다. 특히 The Dream Play에서는 dreamer의 관점을 채택함으로써 시간·장소·논리적 연결성을 파괴하고 있다.

아버지

【1막】

기병대장의 저택 한 방. 무대 오른쪽 안쪽에 문이 하나 있음. 방 중앙에는 커다란 원탁이 놓여 있고, 그 위에 신문과 잡지들이 놓여 있다. 오른쪽으로 가죽소파와 탁자가 있음. 오른쪽 구석에 문이 하나 있으나 보이지는 않는다. 왼쪽에 책꽂이가 달린 책상이 있고, 그 위에 장식용 시계가 놓여 있다. 또한 집 안의 다른 곳으로 나가는 문이 하나 있다. 벽에는 엽총과 사냥감을 넣는 주머니가 걸려 있고 문 옆에는 군복을 걸어둔 옷걸이가 있다. 큰 테이블 위에는 램프가 밝히고 있다.

[1장]

가죽소파에 기병대장과 목사가 앉아 있다. 기병대장은 군복을 입고 승마용 장화에 박차를 차고 있다. 목사는 흰색 파이프를 피우고 있다. 기병대장이 종을 울리자 당번병이 들어온다.

당번병 : 부르셨습니까?

기병대장 : 노이드 밖에 있나?

당번병 : 지금 부엌에서 대기중입니다.

기병대장 : 뭐 부엌? 즉시 데리고 와!

당번병 : 예, 알겠습니다! (나간다)

목사 : 무슨 일이야?

기병대장 : 빌어먹을 자식 하나가 또 계집애를 건드린 모양이에요. 망할 자식!

목사 : 노이드 말인가? 작년에도 말썽을 피웠지 아마?

기병대장 : 기억하시는군요. 말씀 좀 잘해 보세요. 누가 또 압니까, 감화 받을지.

　　　　　아무리 으름짱을 놔도 말을 들어먹질 않으니.

목사 : 그래서 설교라도 하라는 건가! 기병대원한테?

기병대장 : 처남, 내게야 백날 설교해 봐야 어림없는 일이죠. 알죠?

목사 : 알지.

기병대장 : 하지만 저 녀석에겐—— 누가 압니까, 한 번 해 보라구요.

[2장]

(기병대장, 목사, 노이드)

기병대장 : 도대체 뭐가 어떻게 된 거야?

노이드 : 목사님도 계신데……

목사 : 괜찮아. 주저할 거 없어요.

기병대장 : 꼴깝 떨지말고, 빨리 털어놔.

노이드 : 그게 —— 이렇게 된 겁니다. 가브리엘이란 술집에서 춤을 추고 있었거든요.

　　　　　그런데, 그게 그러니까—— 루이스 말이……

기병대장 : 루이스는 왜 끼워 넣나? 사실이나 똑바루 대라구!

노이드 : 그러니까, 엠마가 헛간으로 가자구 했습니다.

기병대장 : 오호! 그러면 엠마가 자넬 유혹했구만.

노이드 : 그런 셈입니다. 여자가 싫다는데 일이 되겠습니까?

기병대장 : 잔소리 말구 분명히 말해 봐. 자네가 애 아버지야, 아니야?

노이드 : 그걸 제가 어떻게 알겠습니까?

기병대장 : 뭐? 모르신다!

노이드 : 확실치 않다는 말씀이지요.

기병대장 : 그럼 자네 혼자가 아니었단 말이야?

노이드 : 헛간으로 간 건 저희 둘이지만, 그렇다구 해서 꼭 저라는 법
은 없지 않습니까?

기병대장 : 루이스에게도 책임이 있다는 얘긴가, 그거야?

노이드 : 누구 책임인지는 말씀드리기 어렵죠.

기병대장 : 엠마에게 결혼하겠다고 했다며!

노이드 : 그거야 인사말 아니겠습니까?

기병대장 : (목사를 향해) 이 놈 정말 괴물 같은 놈이군요!

목사 : 흔히 있는 얘기구만! 이보게 노이드, 설마 자기가 애기의 아
버지라는 사실을 모른다는 건 아니겠지?

노이드 : 그러니까 헛간에는 같이 갔었습니다. 하지만 목사님도 아시겠
지만, 그런다구 꼭 이런 일이 벌어지는 건 아니잖습니까?

목사 : 자, 자. 자꾸 피하려구만 하지 말고! 여자와 아이를 나 몰라라
하려는 건 아니겠지?
물론 우리가 결혼을 강요할 순 없겠지만, 아이에 대한 책임은
져야 하는 거야.
반드시 말이지!

노이드 : 좋습니다. 하지만 루이스도 같이 책임을 져야죠.

기병대장 : 오, 좋아. 그럼 법적으로 처리해야 되겠구만. 난 이 문제에 시
시비비를 가릴 수가 없어. 끼고 싶지도 않고. 이제 나가!

목사 : 노이드, 잠깐만. 흠! 여자와 아이를 저렇게 버려두는 건 부끄
러운 일이라고 생각하지 않는가? 그러니까 그런 행위가……
응?

노이드 : 그렇죠. 내가 아이의 아버지라는 걸 알 수만 있다면 말이죠.
하지만, 이건 도무지 확실치가 않다는 말씀입니다. 목사님,

다른 놈 자식을 먹여 살리느라 뼈꼴이 빠진다면 이건 정말 장난이 아니라구요. 제 심정을 알아주시리라 믿습니다.

기병대장 : 나가라니까!

노이드 : 예, 알겠습니다. (퇴장한다)

기병대장 : 부엌 근처엔 얼씬도 하지 마. 망할 자식 같으니!

[3장]

기병대장 : 좀 따끔하게 말씀하시지 그랬어요.

목사 : 내딴엔 꽤 엄격하게 했다고 생각했는데.

기병대장 : 혼자 앉아 중얼거린 거지 그게 무슨!

목사 : 솔직이 무슨 말을 해야 할지 모르겠더군. 여자도 운이 나빴지 만 남자도 마찬가지가 아닌가. 애 아버지가 아닐 수도 있는 거구.
여자야 몇 달 젖이나 먹이다가 고아원에 맡겨 버리면 그만이 지만 남자는 그런 식으로 책임을 면할 수는 없는 거니까.
애 엄마는 나중에 좋은 일거리라도 얻을 수 있겠지만 저 친 구는 기병대에서 쫓겨나면 끝장나고 마는 거잖아.

기병대장 : 하긴 나도 이래라 저래라 하고 싶진 않더군요.
저놈에게 책임이 없는 건 아니겠지만 확실한 건 아니니까.
하지만 한 가지 확실한 게 있긴 하죠.
여자가 행실을 조심해야 한다는 거 말입니다.

목사 : 그래, 그렇지. 헌데 우리가 무슨 얘기를 하고 있었지? 버사의 견진성사 문제였던가?

기병대장 : 그것만이 아니에요. 버사의 교육 전체가 문제라구요. 이 집 안엔 내 딸의 교육을 제 멋대로 하려는 여자들 투성이니까 말입니다. 장모는 아이를 강령술사로 만들려 하고 집사람은

화가를 시키겠다구 난리에요. 버사 하나를 가지고 가정교사
는 감리교인, 마가레트 유모는 침례교인, 가정부들은 구세군
에 넣으려고 법석을 떨구 있단 말입니다.

이러다간 내 딸의 영혼이 너덕너덕 기워 만든 누비이불처럼
되겠다니까요. 그 아이의 장래를 결정할 권리는 내게 있는데
도 말입니다. 도대체 훼방꾼들뿐이니 아이를 집에서 빼내야
겠어요.

목사 :　하긴 주방장이 많으면 수프를 망친다는 말이 있긴 하지.

기병대장 :　당연한 말씀이죠. 호랑이 우리 같다니까요.

　　　　뜨거운 맛을 보여 주지 않으면 오히려 내게 덤벼들 기세란
　　　　말입니다. 웃어요? 웃음이 나와요? 동생도 모자라서 자기 계
　　　　모까지 내게 맡긴 주제에.

목사 :　계모를 모실 의무는 없어.

기병대장 :　장모는 반드시 모셔야 하구요?

목사 :　자, 자. 우리 모두 짊어져야 할 십자가가 있는 거라구.

기병대장 :　웬 십자가가 이리 많은지. 심지어 늙은 유모까지 모시구 살아
　　　　야 하니. 게다가 날 아직도 턱받이 맨 어린애 취급을 하지 않
　　　　나. 물론, 좋은 분이죠. 하지만 여기에 계실 분이 아니라구요.

목사 :　여자들을 잘 다루어야지. 주제파악을 시키라구.

기병대장 :　오, 처남. 어떡하면 여자들을 잘 다룰 수 있을지 아시면 제발
　　　　가르쳐 주시지요.

목사 :　솔직이 자네 처 로라말인데. 내 동생이긴 하지만 좀 어려운
　　　　여자지.

기병대장 :　오, 집사람은 변덕은 좀 있지만 그렇게 나쁜 편은 아니에요.

목사 :　이거 왜 이래. 나두 다 안다구!

기병대장 :　너무 낭만적으로 자랐어요. 현실을 받아들이는 데 다소 문제
　　　　는 있지만 어쨌든 내 마누라니까.

목사 : 솔직한 여자라 이거지! 아니야, 목에 걸린 생선가시 중에도서도 제일 큰 가시일 텐데.

기병대장 : 그렇다치구요, 어쨌든 간에 이건 완전히 콩가루 집안이에요. 집사람은 애를 끼고 돌지만, 난 절대로 이 정신병원 같은 곳에 애를 둘 수 없단 말입니다.

목사 : 그래? 로라가 안 된데도 말이지? 음, 그렇다면 일이 좀 어렵게 되겠는 걸. 걘 어렸을 때도 지가 원하는 걸 얻을 때 까진 꼼짝 않고 버틴 고집쟁이라구.
그리곤 결국 얻고 나면, 원한 게 그게 아니라면서 되돌려 주지. 그저 제 멋대로 하고 싶은 것뿐인 게야.

기병대장 : 그렇군요. 옛날부터 그랬단 말이죠?
음! 가끔씩 지나치게 신경질적이어서 놀라곤 했었어요.
난 어디 아픈 게 아닌가 했죠.

목사 : 헌데 자네 집사람이 끝내 반대하면 어쩌겠나? 타협점은 없을까?

기병대장 : 영재교육을 시키겠다는 것도 아니고, 꼭 나처럼 만들어 보겠다는 것도 아니에요. 하지만 시집 잘 보내려고 가르치고 싶진 않다는 겁니다. 그랬다가 혼자 살게 되면 그게 뭡니까? 그렇다구 사내애들이 하는 그런 공부를 시키고 싶지도 않구요. 기껏 고생해서 배워 봐아 시집가면 모두 도로아미타불인데.

목사 : 그럼 뭘 시키고 싶은 건데?

기병대장 : 교사가 되었으면 해요. 그렇게 되면 독신으로 살아도 제 밥벌이는 할 거 아닙니까.
식구들 먹여 살려야 하는 남자들 보다는 낫게 살 테니까. 또 결혼을 해도 애들 키우는 데 지가 배운 지식을 활용할 수 있을 테구. 제 얘기가 틀립니까?

목사 : 아니, 아니지. 하지만 버사에게 정말로 미술에 대한 뛰어난

재능이 있는 것은 아닐까?

그렇다면 그 재능을 썩히는 것도 좋을 건 없을 테니까.

기병대장 : 아니에요. 내가 이미 애가 그린 그림을 화가에게 보였어요. 그냥 보통이래요. 지난 여름인가, 그림 좀 볼 줄 안다는 젊은 놈 하나가 와서는 버사가 천재라고 떠벌인 모양이에요. 그 소리를 듣더니 저러구 난리구요.

목사 : 그 놈이 내 조카 녀석에게 빠진 모양이군.

기병대장 : 그런 건지 어떤 건지.

목사 : 기도나 많이 해야겠군. 자네 혼자 고군분투할 테니 말이야.

기병대장 : 겁 먹을 건 없지요. 온 집안이 다 덤벼들어 봤자 —— 이건 우리 애긴데 —— 상대방은 오합지졸이라구요.

목사 : 나도 겪어 봤지.

기병대장 : 처남도요?

목사 : 놀랐나?

기병대장 : 제일 심각한 문제는 애한테 증오심을 심고 있다는 겁니다. 남자들은 여자가 할 수 있는 것에 대해 한계가 있다고 생각하느니 어쩌느니 하면서 말이죠. 남자대 여자.

아주 애를 세뇌를 시킨다구요. 가시려구요? 저녁이나 들고 가세요. 오래 붙들진 않겠어요.

말씀 드렸잖아요. 오늘 새로 부임한 의사가 방문하기로 했거든요.

그 사람은 본 적 있으세요?

목사 : 여기 오는 길에 잠깐 봤지. 유쾌하고, 속이 트인 사람처럼 보이더군.

기병대장 : 그래요? 잘됐군요. 내 편이 되어 줄 것 같습디까?

목사 : 그걸 누가 알겠나. 여자들과의 관계에 달린 거지.

기병대장 : 오, 더 계세요.

목사 : 고맙지만 안 되겠네. 오늘은 집에서 저녁을 먹기로 약속을 했
거든.

늦으면 우리 할멈이 걱정할 거야.

기병대장 : 걱정은 무슨. 화를 내시겠지. 할 수 없죠 뭐.

(코트 입는 것을 도와 준다)

목사 : 오늘 밤은 제법 쌀쌀하구만. 고마우이. 몸 조심하라구. 좀 피
곤해 보여.

기병대장 : 제가요?

목사 : 평소와 좀 달라 보이는구만.

기병대장 : 집사람이 또 쓸데없는 소리를 했군요.

그 사람은 지난 20년 동안 날 무슨 송장 다루듯 했으니까.

목사 : 아니야, 아니야. 그냥 그런 생각이 들었다는 거지……

몸 조심하라구. 내가 충고하는 거야. 그럼 잘 있게. 헌데 견진
성사는 어쩌지?

기병대장 : 어떻게 되겠지요. 다들 하는 건데요 뭐. 혼자 튀어 봐야 소용
있습니까?

이미 다 초월 했다구요. 안녕히 가십시오. 처남댁께 안부 전
해 주시구요.

목사 : 자네도 잘 있게. 로라에게 안부 전하고.

[4장]

기병대장 : (책상을 펴고, 앉아 숫자를 센다)

34에 29, 43…… 일곱, 여덟…… 오십육.

로라 : (집안 본채에서 들어선다) 여보 저 말이에요.

기병대장 : 잠깐만, 육십 육, 일흔 하나, 팔십 사, 팔십 구, 구십 이,
백…… 뭐라구?

로라 :   방해됐어요?

기병대장 : 아니야, 생활비 말인가?

로라 :   그래요, 생활비.

기병대장 : 계산서를 두고 가요. 검토해 볼 테니까.

로라 :   계산서요?

기병대장 : 그래.

로라 :   계산서를 달라구요?

기병대장 : 그래, 계산서. 우리 요새 사정이 어려운 거 알잖소. 잘못하면 빚더미에 올라앉게 생겼어.

로라 :   사정 어려운 게 제 책임은 아니잖아요.

기병대장 : 그러니까 계산서를 두고 가란 말이야.

로라 :   소작인이 소작료를 안 내는 게 내 책임이에요?

기병대장 : 누가 소작을 주자고 했어? 당신 아니오?

그런…… 뭐라구 하지? 그래, 농땡이꾼한테 줄 게 뭐야.

로라 :   당신이 허락했잖아요.

기병대장 : 내가 허락하지 않았으면, 먹기를 제대로 먹었겠소, 잠을 편히 잤겠소, 일인들 옳게 했겠나.

당신 오빠가 내쫓은 사람을 우리 집에 불러 들였으니.

당신 어머넌 또 어떻구. 내가 싫다구 해도 악착같이 그 작자를 끌어들인 거 아냐.

가정교사란 사람은 그 자가 감리교인이라서 좋다구 하구. 마가레트 유모는 그 자 할머니와 어린 시절부터 알고 있다구 난리구.

내가 싫다구 고집을 부렸다면 지금쯤 정신병원에 들어가 있거나, 아니면 지하 납골당에 누워 있겠지.

생활비는 여기 있어요. 계산서는 나중에 달라구.

로라 :   (예절 바르게) 고맙사옵니다. 나으리.

헌데 나으리, 개인비용은 계산서 첨부하시나요?

기병대장 : 그건 당신이 나설 일이 아니야.

로라 : 그렇군요. 자식 양육문제도 그렇겠지요.

오빠와 회담을 하셨으니 이제 결정을 하셨나요?

기병대장 : 결정했소. 우리가 모두 알고 있는 친구에게 보내기로 했지.

버사는 시내에서 살게 될 거요. 두 주 안에 떠날 거구.

로라 : 어딘지 여쭤 봐도 될까요?

기병대장 : 내 고문변호사 새브베리 씨 댁에 머물도록 했소.

로라 : 그 사람은 지나치게 자유분방한 사람이라구요!

기병대장 : 법전에 따르면 아이의 양육권은 아버지에게 있어요.

로라 : 어머니는 아무런 발언권도 없나요?

기병대장 : 없어요. 법적 계약으로 권리를 팔아 버린 거지.

모든 권리를 포기한 거라구. 그 대가로 남편은 아내와 자식을

부양하는 거구.

로라 : 그러면 여잔 자식에 대해 아무런 권리도 없어요?

기병대장 : 전혀 없지. 한 번 팔아 버리면 되물릴 수 없다고. 돈이나 받아

야지.

로라 : 하지만 부모가 타협을 한다면……?

기병대장 : 그게 가능한 소리요? 난 딸아이가 시내에 살기를 원해요.

당신은 집에 두길 원하고, 하긴 시내와 집 사이의 기차역에

살면 되긴 되겠군.

이건 타협으로 해결될 문제가 아니야.

로라 : 그렇다면 강제적으로 해결해야 하겠군요. 로이드 사병은 여기

서 뭘하는 거죠?

기병대장 : 그건 군사기밀이오.

로라 : 부엌에선 다 알려진 기밀이죠.

기병대장 : 그럼 당신도 알겠구료.

로라 :   그래요.

기병대장 : 그래 판단을 내렸소?

로라 :   그런 문제에 대해서는 명백한 법이 있지요.

기병대장 : 누가 아버지인지 확실치가 않다더구만.

로라 :   그래요, 하지만 뻔한 거 아니겠어요?

기병대장 : 누가 애 아버지인가 어떻게 뻔한가.

로라 :   그래요?

기병대장 : 그렇지.

로라 :   거참 이상하군요. 그렇다면 어째서 그렇게 불확실한 아버지가
         아이에 대해 모든 권리를 갖는 거죠?

기병대장 : 물론 남자가 아이에 대한 책임을 인정할 때만이 권리를 갖게
         되는 거지.
         아니면 책임이 강제로 부여되든가 말이야.
         결혼한 상태에서야 부권문제 따위는 발생할 수 없는 거니까.

로라 :   그럴까요?

기병대장 : 그래야 되겠지.

로라 :   하지만 아내가 부정(不貞)하다면요?

기병대장 : 그건 우리 얘기완 관계가 없는 얘기요. 다른 질문 있소?

로라 :   무슨 질문이 있겠어요?

기병대장 : 그럼 난 내 방으로 가리다. 의사가 오면 알려 주시오.(책상을
         접고 일어선다)

로라 :   그러죠.

기병대장 : (오른쪽 보이지 않는 문을 통해) 오면 즉시 알려달라구.
         실례를 범하고 싶지 않으니까. 알겠소? (퇴장한다.)

로라 :   알겠어요.

[5장]

(로라가 혼자 있다. 손에 든 수표를 바라본다.)

할머니 : (무대 밖에서) 로라!

로라 : 네?

할머니 : 차 다 끓였니?

로라 : (왼쪽 문간에서) 곧 가져갈게요.

(무대 안쪽 문으로 간다. 도착 직전 당번병이 문을 연다.)

당번병 : 오스터마크 박사님이 오셨습니다!

의사 : (들어오며) 라센 부인이시죠?

로라 : (그를 맞아들이며, 손을 내민다.) 안녕하세요, 박사님.
어서오세요. 그 인 외출중이세요. 하지만 곧 돌아올 거예요.

의사 : 늦어서 죄송합니다. 환자 몇을 만나 보고 오느라고요.

로라 : 좀 앉으시죠.

의사 : 고맙습니다.

로라 : 요즘은 환자가 많아요. 하지만 이 곳 생활이 즐거우시길 빌겠
어요. 여긴 시골이라 너무 한적해서 환자를 돌봐 주실 의사
선생님이 꼭 계셔야 되죠. 박사님 말씀은 많이 들었어요. 앞
으로 자주 뵈었으면 하구요.

의사 : 고맙습니다, 부인. 자주 들려도 되겠지요?
의사로서가 아닌 친구로서 말입니다. 사실 의사가 자주 들락
거리는 건 좋은 일은 못 되죠. 가족분들은 모두 건강하시죠?

로라 : 그럼요. 중병치레는 없었으니까요. 하지만 요즘은 그렇지 못
한 것 같아서……

의사 : 그래요?

로라 : 아니라면 좋겠는데.

의사 : 무슨 일인지 말씀해 보시죠.

로라 : 집안 일이라, 말씀 드리기가 좀……

의사 : 의사에게 못할 말이 뭐 있습니까?

로라 : 글쎄요, 처음부터 솔직하게 털어놓는 게 좋겠지요.

의사 : 헌데 먼저 기병대장님을 뵙고 나서 말씀 나누는 것이 어떻겠습니까?

로라 : 아니오, 먼저 말씀 드려야 해요.

의사 : 그럼 바깥분 문제이신가요?

로라 : 그래요, 제 남편문제에요.

의사 : 허 그것 참, 말씀해 보시죠. 무척 근심스러우시겠습니다.

로라 : (손수건을 꺼내며) 그 이가 요즈음 좀 이상해요. 정신적으로 말이죠.

　　　나중에 보시면 아실 거에요.

의사 : 이상하시다구요?

　　　얼마 전에 남편께서 쓰신 광물학 논문을 읽고 감탄을 했었죠. 지극히 강력하고, 선명한 지성을 지닌 분이란 인상을 받았습니다.

로라 : 그러세요? 사실 이 모든 게 잘못 생각한 거라면 얼마나 좋겠어요.

의사 : 물론 다른 분야에서는 정신적으로 불안정할 수 있지요. 계속해 보세요.

로라 : 우린 정말 두려워요. 때때로 그 이의 생각이 너무 터무니 없는 경우가 있어요.

　　　식구들에게 피해만 주지 않는다면 이해할 수도 있겠지만……

　　　예를 들자면 시도 때도 없이 물건을 사들여요.

의사 : 그거 이상하군요. 헌데 뭘 사십니까?

로라 : 아무 책이나 닥치는 대로요. 읽지도 않으면서 말이죠.

의사 : 학자가 책을 사는 것이 이상한 것은 아니죠.

로라 : 제 말을 믿지 못하세요?

의사 : 믿습니다, 부인. 말씀하신 게 사실이라고 확신합니다.

로라 : 다른 행성에서 벌어지는 일을 현미경을 통해 볼 수 있다고 말하는 게 정상일까요?

의사 : 그렇게 말하던가요?

로라 : 네.

의사 : 현미경으로요?

로라 : 그래요, 현미경으로요.

의사 : 만일 그게 사실이라면, 심각한데······

로라 : 만일이라구요? 제 말을 믿지 않으시는군요, 박사님. 전 집안의 비밀을 모두 털어놓고 있는데 말이죠.

의사 : 제 말을 들어 보세요, 부인. 절 믿고 말씀해 주셔서 영광입니다.

하지만 의사로서 전 진단을 내리기 전에 모든 걸 철저히 조사해 봐야 합니다.

혹시 남편께서 변덕이나 정신적 동요 같은 증상을 보인 적이 있으십니까?

로라 : 변덕이나 동요라구요? 20년을 같이 살았지만 한 번 결심한 걸 바꿔 본 적이 없는 사람이지요.

의사 : 고집스러운가요?

로라 : 뭐든 제멋대로죠. 그리고 일단 뜻대로 되면 금방 흥미를 잃고 제게 미룬답니다.

의사 : 심각하군요. 자세히 관찰해 봐야 겠습니다. 의지란 정신의 중심이죠.

그 의지가 손상되면 정신은 무너지고마는 겁니다.

로라 : 오랫동안 그 이의 비위를 맞추려고 최선을 다했지요. 정말 견디기 어려웠어요.

의사 :   고통이 심하셨겠군요. 어떻게 해야 할지 연구해 보겠습니다.
기왕 말씀하신 거니 저도 한 가지 부탁 드려야겠습니다. 남편
을 자극할 만한 얘기는 피해주십사 하는 겁니다. 뇌에 손상을
입으면 공상은 잡초처럼 자라나서 강박관념이나 편집증이 되
기도 하죠. 아시겠어요?

로라 :   그러니까 그의 의심을 불러일으키지 않도록 조심하란 말씀이
군요.

의사 :   바로 그겁니다. 환자는 아주 사소한 일에도 민감하게 반응을
하니까요.
그렇게 되면 완전히 제멋대로 상상하게 되거든요.

로라 :   그래요? 잘 알았습니다. (집안에서 벨이 울린다.)
잠시 실례해요. 제 어머니께서 찾으시는 모양이군요. 잠
깐…… 아, 그 이 일 거에요!

[6장]

(의사, 기병대장 보이지 않는 문을 통해 들어온다.)

기병대장 : 벌써 와 계셨군요. 정말 반갑습니다.!

의사 :   안녕하십니까, 대장님. 그리고 뛰어난 과학자와 알게 되어 진
심으로 영광입니다.

기병대장 : 원 별말씀을, 군대업무가 많아서 깊이 연구할 짬이 별로 없습
니다.
그래서 늘, 새로운 발견으로 넘어가려고 하죠.

의사 :   그러세요?

가병대장 : 최근에는 운석을 분광분석하고 있습니다. 그랬더니 탄소가 발
견됐어요!
유기물질이 존재한다는 증거지요. 어떻게 생각하십니까?

의사 : 현미경을 통해서 보셨나요?

기병대장 : 현미경이요? 허, 아니죠, 분광기를 통해서죠!

의사 : 분광기요, 아…… 그래요. 분광기 말입니다.

그러시면 이제 목성에서 어떤 일이 벌어지고 있는지 말씀해 주실 수 있겠군요.

기병대장 : 벌어지고 있는 일이 아니라 이미 벌어진 일이겠죠.

파리에서 주문한 책만 보내 주면 되는데, 요즈음엔 세상 책방들이 모두 폐업이라도 한 것 같은 생각이 들 정도예요. 두 달 동안 단 한 건의 주문에도 답장이 없었다면 믿으시겠습니까? 편지도 보내고 전보도 쳤지만 깜깜 무소식이에요. 미칠 지경이죠.

왜 그런지 알 수가 없습니다.

의사 : 게을러서들 그럴 겁니다. 심각하게 생각하지 마세요.

기병대장 : 그래야죠, 하지만 논문을 제 시간에 준비하긴 틀린 것 같아요. 베를린에 같은 분야에 종사하는 친구가 하나 있습니다. 아직 만나서 논문에 관한 얘기를 해 본 적은 없지만, 그 친구를 통해 박사님 얘기를 들었습니다.

이 곳에 머무르고 싶으시면 별관 쪽에 숙소를 준비해 드릴 수 있을 겁니다.

아니면 전임자의 숙소를 쓰서도 좋구요.

의사 : 좋을 대로 하십시오.

기병대장 : 아닙니다. 박사님께서 택하셔야죠.

의사 : 대신 정해 주십시오.

기병대장 : 아니에요, 아니에요. 제가 정할 수 없는 일입니다.

지금 말씀해 주세요. 전 아무래도 좋습니다.

의사 : 글쎄요, 정하기가……

기병대장 : 말씀해 보세요. 전 전혀 상관없다니까요.

원하시는 게 있을 게 아닙니까. 대답해 보세요. 안 그러면 화
낼겁니다.

의사 :   정 내가 정해야 한다면…… 전 이 곳에 머물고 싶군요.

기병대장 : 좋아요, 고맙습니다. 오……! 용서하세요.

제가 원래 성질이 좀 급해놔서.

(종이 울리자 유모가 들어온다.)

기병대장 : 마가레트 유모. 별관 쪽에 박사님 쓰실 방 준비됐죠?

유모 :   그럼요, 다 준비되어 있답니다.

기병대장 : 좋아요, 그럼 이제 더 붙잡지 않겠습니다.

피곤 하실 텐데 편히 주무십시오. 내일 아침에 다시 뵙겠습니
다.

의사 :   그럼 안녕히 주무십시오.

기병대장 : 제 아내가 이 곳에 대해서 몇 가지 중요한 설명을 해드렸는지
모르겠군요.

의사 :   부인께 몇 가지 주의사항을 들었습니다. 자, 그럼 이만.

[7장]

(기병대장과 유모)

기병대장 : 무슨 일이세요, 유모. 무슨일 있어요?

유모 :   내 말좀 들어줘요.

기병대장 : 뭔데요, 말씀해 보세요, 유모. 제게 못할 말이 뭐 있겠어요.

유모 :   왜 따님문제를 부인과 상의하지 않는 거죠? 부인은 그 아이를
낳은 어머니에요.

기병대장 : 난 그 애 아버집니다.

유모 :   그럼, 그럼. 그렇구말구요.

하지만 아버진 아이 문제 말고도 신경 쓸게 많지만 어머니는

그게 전부라구요.

자식 말고 뭐가 있겠어요?

기병대장 : 그렇겠죠. 그 사람은 한 가지만 신경쓰면 될 테니까.

하지만 난 뭡니까? 마누라, 자식덕에 이만큼이라도 된 거라고
생각하시나요?

유모 : 그런 말이 아니에요.

기병대장 : 아니시겠죠. 지금 절 잘못되게 하시는 거라구요.

유모 : 내가 잘못되라구 이러나요? 난 우리 대장님한테 좋으라고 이
러는 건데.

기병대장 : 그래요, 나도 알아요. 하지만 나한테 좋은 게 아니라구요.

애만 낳아놓으면 뭐합니까, 난 아이에게 내 영혼까지도 주고
싶은 거라구요.

유모 : 무슨 말인지 모르겠군요. 하지만 부인과 상의를 해야 해요.

기병대장 : 유모는 내편이 아니군요.

유모 : 내가? 어떻게 그런 말을 하죠? 난 대장님을 어려서부터 내 손
으로 키웠어요.

기병대장 : 나도 알아요. 유모는 내겐 어머니 같은 분이죠. 지금까지도
날 돌봐 주셨구요.

모두가 내게 반대할 때도 유모만은 내편을 들어 주셨죠.

하지만 지금은 내가 가장 유모를 필요로 하는데 날 버리고
적들 편에 서신 겁니다.

유모 : 적이라구요!

기병대장 : 그래요, 적! 이 집안구석이 어떻게 되가는지 잘 아시잖아요.

처음부터 끝가지 다 보시지 않았냐구요.

유모 : 충분히 봤죠. 도대체 왜 서로의 삶에 고통을 가하는 거죠.

두 분 모두 착하고 친절한 분들인데…… 부인께서도 저나 다
른 사람들에게 너무나 잘 해 주신다구요.

기병대장 : 저한테만 못되게 구는 거예요. 유모, 날 버리시면 그건 죄를 지으시는 겁니다.

온통 거미줄에 매달린 기분이라구요. 새로 온 의사도 내 편 같지는 않구요.

유모 : 그렇게 나쁘게만 생각하시니 믿음을 갖지 못하시는 거죠.

기병대장 : 믿음, 좋죠. 침례교인이시니 어련하시겠어요. 참 운도 좋으시지!

유모 : 운이 좋으니 더 행복하기도 하지요. 마음을 넉넉히 가지세요. 그럼 아실 거예요. 신은 모두에게 행복을 주시죠. 대장님도 남을 사랑하시게 될 거예요.

기병대장 : 참 이상한 일이군. 유모가 신이 어떻고 사랑이 어떻고 할 때면 늘 목소리는 경직되고 눈은 증오심으로 가득 차니 말이에요. 유모도 진정한 믿음을 찾지 못하신 겁니다.

유모 : 자만하지 말아요. 심판의 날이 오면 학식 따위는 무용지물이 되고 마니까.

기병대장 : 참으로 오만한 말씀이군요. 겸손한 영혼이라더니.

당신들 같은 무지한 자들에게는 학식이 쓸모없는 것에 불과하겠지.

유모 : 부끄러운 줄 알아야 해요, 제발.

이 늙은 유모는 누구보다도 나의 큰 아기를 사랑한답니다.

폭풍우가 몰아치면, 그 큰 아기는 갓난쟁이처럼 내게 기어 올 테니 말이에요.

기병대장 : 유모! 용서하세요.

하지만 유모를 빼곤 이 곳의 누구도 날 사랑하지 않는다구요.

도와 주세요.

뭔가 일이 벌어질 것 같은 느낌이에요. 뭔진 모르지만.

끔찍하고 무서운 일이 벌어질 것 같아요……

(집안 쪽에서 비명소리가 들린다.) 저게 뭐지? 누가 비명을 지르는 거죠?

[8장]

(기병대장, 유모, 버사가 들어온다.)

버사 : 아빠! 도와 주세요. 날 구해 주세요.

기병대장 : 무슨 일이야. 말해 보렴.

버사 : 도와 주세요. 날 해치려 해요.

기병대장 : 누가 널 해친단 말이냐? 말해 보라니까, 말해 봐.

버사 : 할머니요. 제 잘못이에요. 제가 못되게 굴었거든요.

기병대장 : 무슨 일인지 말해 보라니까.

버사 : 아무 말씀도 하시면 안 되요, 약속하시죠?

기병대장 : 그러마, 그러니 얘기해 보렴.

(유모가 나간다.)

버사 : 저녁 때만 되면 할머닌 램프불빛을 줄이시고 날 책상 앞에 앉히시곤 종이와 펜을 주세요. 그리고 영혼들이 글을 쓰려한다고 하시는 거예요.

기병대장 : 뭐라구! 왜 미리 얘기하지 않은 거니?

버사 : 용서하세요. 그럴 용기가 나질 않았어요.
남에게 말하면 영혼이 복수를 할 거라구 하셨거든요.
그리고 나면 펜이 움직여 글이 써지죠.
내가 쓰는 건지도 모르겠어요. 어떨 때는 잘 써지다가 어떨 땐 전혀 움직이지 않는거에요. 지칠 때까지 아무것도 오지 않는다구요.
무언가가 와야 하는데!
오늘 밤엔 잘 써진다고 생각했는데 할머니께서 날더러 옛날

시를 베끼고 있다고 하시지 않겠어요? 자길 놀린다나. 그래서 무섭게 화를 내셨어요.

기병대장 : 넌 영혼을 믿니?

버사 : 모르겠어요.

기병대장 : 그런 건 없어!

버사 : 하지만 할머니 말씀이 아빠는 이해하지 못하신데요. 아빤 점점 이상해지셔서 다른 별에서 일어나는 일에나 신경을 쓰신다더군요.

기병대장 : 할머니가 그렇게 말씀하셨단 말이지? 그 밖엔 또 뭐라 하시든?

버사 : 아빤 마술을 하실 수 없다구요.

기병대장 : 난 마술을 할 수 있다고 말한 적이 없어. 넌 운석이 뭔지 알지? 그래, 하늘…… 천체에서 떨어진 돌멩이야. 난 그걸 연구하고 그것이 우리 지구의 돌과 같은 요소로 되어 있는지를 알아보려는 거야. 그게 내가 볼 수 있는 전부니까.

버사 : 할머닌 보시지만 아빤 못보시는 게 있다던데요?

기병대장 : 거짓말이야.

버사 : 할머닌 거짓말 안 하세요.

기병대장 : 그걸 어떻게 아니?

버사 : 엄마도 그러셨으니까요.

기병대장 : 흠!

버사 : 난 엄마 말을 믿어요. 아빠가 무슨 말씀을 하셔도요.

기병대장 : 그건 그렇다 치더라도, 넌 이 집에서 떠나야 해. 너의 행복과 미래를 위해서 말이다. 이건 사실이야. 날 믿어다오. 시내에 나가 살면서 새로운 것을 배운다면 좋지 않겠니? 좋지?

버사 : 오, 저도 이 곳을 떠나 시내에서 살고 싶어요. 가끔 아빠를 볼 수 있다면 말이에요.
겨울밤처럼 우울하고, 무섭더라도 아빠가 오시면 봄 날 아침의 창문을 여는 것처럼 즐겁겠죠?

기병대장 : 오, 우리 딸내미. 우리 아가.

버사 : 하지만 아빠, 엄마 좀 위해 드리세요. 아셨죠? 가끔 엄마가 우셔요.

기병대장 : 흠! 그러면 이 곳을 떠나겠니?

버사 : 그럼요, 그럼요.

기병대장 : 엄마가 반대해도?

버사 : 엄만 허락하실 거예요.

기병대장 : 만약 반대하신다면 말이다.

버사 : 글쎄요, 잘 모르겠어요. 엄마가 허락하실 거예요, 틀림없이.

기병대장 : 네가 엄마한테 말해 보겠니?

버사 : 그건 아빠가 하셔야죠. 제 말은 들으려고도 않으시는데.

기병대장 : 흠, 만일 너와 나는 그러고 싶은데. 엄마가 싫다고 하면 우린 어떻게 하지?

버사 : 그렇게 되면 모든 게 어려워질 거예요. 아빠와 엄마 두분께서······

9장

(기병대장, 버사, 로라)

로라 :   오, 여기 있었구나. 어디 아이얘기 좀 들어 보죠. 결국은 이
           아이의 운명이니까요.

기병대장 : 어린 아이가 자신의 인생에 대해 무슨 특별한 생각이 있겠소.
           결국은 부모가 판단을 해야지. 먼저 살아 본 경험이 있으니
           말이오.

로라 :   우린 의견이 다르니까, 버사에게 결정하도록 하자는 거죠.

기병대장 : 안돼! 누구도 내 권리를 빼앗을 수는 없어. 당신도 버사도 그
           누구도.
           버사. 잠시 자리를 비켜 주겠니? (버사 퇴장)

로라 :   왜 아이의 말을 들으려고 않죠? 내 말을 들을까 봐 두려운 거
           죠?

기병대장 : 저 아인 집을 떠나고 싶어해. 하지만 당신은 당신 마음대로
           아이의 의지를 움직일 수 있는 모양이더군.

로라 :   제가 그렇게 강한 줄은 몰랐군요.

기병대장 : 당신은 원하는 것을 얻어내는 데는 악마적인 재주를 지녔어.
           하지만 내겐 안 통해. 놀링박사를 내쫓고 새 의사를 들인 것
           도 당신이지?

로라 :   내가 어떻게 그럴 수 있었다는 거죠?

기병대장 : 그를 모욕했겠지. 그래서 그가 떠나니까 오빠를 내세워 새 의
           사를 불러들인 거구.

로라 :   그거 아주 간단하네요. 합법적이구요. 버사를 당장 보내실 건
           가요?

기병대장 : 두 주 내로 떠날 거야.

로라 :   더 이상 여지는 없어요?

기병대장 : 그래.

로라 : 버사에게 얘기하셨어요?

기병대장 : 물론이지.

로라 : 그럼 내가 막아야겠군요.

기병대장 : 그럴 수 없을 걸.

로라 : 그래요? 내가 가르친 모든 것이 잘못 됐다고 말할 작자들과
딸 아이를 같이 살게 할 줄 알아요? 제 어미를 경멸하며 살
도록 내버려 둘 줄 아느냐고요.

기병대장 : 무식하고 오만한 여자들이 내 딸에게 제 아비를 사기꾼이라
고 가르치도록 내버려 둘 것 같아?

로라 : 그건 그다지 중요하지 않을 것 같군요.

기병대장 : 어째서지?

로라 : 원래 아이들은 엄마와 가까운 거니까요.
게다가 누가 아이의 아버지인 줄은 확실하지 않은 거라고 하
더군요.

기병대장 : 그게 이 일과 무슨 관계가 있어?

로라 : 당신이 버사의 아버지라 확신할 수 없으니까요.

기병대장 : 뭐……? 뭘 확신할 수 없다구?

로라 : 누구도 확신할 수 없다면 당신도 마찬가지에요.

기병대장 : 당신 지금 농담하나?

로라 : 당신이 먼저 꺼낸 얘기에요. 내가 정숙하지 못했는지 당신이
어떻게 알죠?

기병대장 : 당신의 얘긴 대부분 믿어 왔지만, 이건 도무지 믿을 수 없군.
만일 사실이라도, 당신은 얘기하지 못할 거야.

로라 : 내가 모든 걸 각오하고 있다면요?
이 집에서 쫓겨나고, 멸시당하고, 그 어떤 일을 당해도 아이
를 잃을 수 없다면요?

내가 진실을 털어 놓고 당신에게 "버사는 내 아이지 당신의 아이가 아니라구요"라고 말한다면요? 만일 내가……!

기병대장 : 그만해 둬!

로라 : 생각해 보세요. 그렇다면 당신의 권리는 끝이죠. 안 그래요?

기병대장 : 증명해 보시지. 내 딸이 아니란 것을.

로라 : 어려울 것도 없죠. 그렇게 하길 원하세요?

기병대장 : 그만해 둬. 당장.

로라 : 친아버지 이름만 대면 그만이죠.
시간과 장소만 얘기하면요. 버사가 태어난 게 언제죠?
결혼한 지 삼년 만이죠……?

기병대장 : 그만 두라구 안 그러면……

로라 : 뭘 어쩌겠어요? 좋아요. 그만 두죠. 하지만 결정하시기 전에 신중하게 생각하세요.
웃음거리가 되고 싶지 않다면 말이에요.

기병대장 : 정말, 환장하겠군!

로라 : 그럼 정말 웃음거리가 되겠지요.

기병대장 : 당신도 마찬가지야.

로라 : 아니에요. 우리와 아이들의 관계가 분명해질 뿐이죠.

기병대장 : 그러니 싸움도 안 되겠구만.

로라 : 자기보다 강한 상대와 구태여 싸우려 하겠어요?

기병대장 : 강한 상대?

로라 : 그래요, 이상하게 들릴지 모르겠지만 난 언제나 남자보다 강하다고 느껴 왔으니까요.

기병대장 : 허! 한 번 붙어 보지. 쓴 맛을 보여 줄 테니.

로라 : 재미있겠는데요.

유모 : (들어서며)저녁 준비됐어요. 와서 식사하세요.

로라 : 고마워요. (기병대장 머뭇거리다가 소파 옆에 있는 탁자 옆의

의자에 앉는다.)

로라 :   식사 안 해요?

기병대장 : 생각없어.

로라 :   화났어요?

기병대장 : 밥 생각 없다잖아!

로라 :   어서 와요. 혼자 꿍꿍거릴 필요 없다구요. 침착 하세요.
           오, 좋아요. 정 생각이 없다면 그러구 앉아 계세요. (퇴장한
           다.)

유모 :   대장님? 왜 이러구 있어요?

기병대장 : 모르겠어요. 여자들은 어떻게 다 큰 어른을 애처럼 취급할 수
           있는 거죠?

유모 :   글쎄요, 그건 어른이건 애건 남자들 모두 여자에게서 태어났
           기 때문이겠죠.

기병대장 : 하긴 남자에게서 태어난 여자는 없으니까. 그래요, 하지만 버
           사는 내 딸이야.
           그렇죠 유모? 유모는 믿죠?

유모 :   이게 무슨 애들 같은 소리죠? 자기 딸이니 아버지지.
           와서 식사나 해요. 그렇게 속끓이며 앉아 있지만 말고.
           자, 어서 오라니까요.

기병대장 : (일어선다.) 모두 꺼져 버려요. 여자들, 지옥에나 갈 것들.
           (홀로 이어지는 문쪽으로 가서) 당번병!, 당번병!

당번병 :   (들어온다.) 부르셨습니까?

기병대장 : 당장 마차를 준비하도록!

유모 :   대장님, 도대체 왜?

기병대장 : 비키세요, 당장에……

유모 :   오, 이런. 이게 도대체 무슨 일이람.

기병대장 : (모자를 쓰고, 나갈 준비를 한다.) 기다리지 마세요. 늦을 테니

까.

유모 : 하느님 맙소사! 언제나 끝나려고 이러는지……

【2막】

1막과 같음. 책상 위에 램프가 타고 있다. 밤이다.

[1장]

(의사, 로라)

의사 : 남편분과 얘기를 나눠 봤습니다만, 부인께서 걱정할 정도는
아닌 것 같더군요.
현미경 얘기는 부인께서 잘못 들으신 거구요. 분광기라고 하
시더군요.
이상한 데는 없었어요. 오히려 과학연구에 큰 공헌을 하신 것
으로 보입니다.

로라 : 전, 현미경이라고 한 적 없는데요.

의사 : 저도 대화내용은 기록을 해 둡니다. 혹 잘못 듣지 않았나 해
서 부인께 확인까지 한 걸요. 다른 사람 문제를 얘기할 땐 조
심을 해야죠. 자칫 무능력자로 오진할 수도 있으니까요.

로라 : 무능력자로 오진 한다구요?

의사 : 그렇죠, 무능력자로 판명이 되면 개인적 권리나 가족에 대한
권리를 모두 잃게 되는 겁니다.

로라 : 그건 몰랐어요.

의사 : 한 가지 미심쩍은 것이 있는데, 주인께서 서점에 보낸 주문서
에 답장이 없다고 하시던데 혹시 부인께서 그러신 거 아닙니

까? 물론 좋은 뜻에서 그러셨겠지만.

로라 : 그래요, 제가 가로챘어요. 가족을 보호하기 위해서죠.
　　　뭔가 하지 않으면 파산할 지경이었으니까요.

의사 : 용서하십시오. 하지만 그 결과도 생각하셔야죠.
　　　만일 부인께서 방해하신 걸 주인께서 알게 되면 의심이 점점
　　　커져서 나중엔 걷잡을 수 없게 될 겁니다. 자신의 바램이 꺾
　　　이게 되면 견딜 수 없게 되죠.
　　　날개 꺾인 새꼴이 될 테니까요.

로라 : 저도 그건 알아요.

의사 : 주인 양반의 마음도 헤아려 주셔야 합니다.

로라 : (일어나며) 한 밤중이 다 되도록 돌아오질 않는군요.
　　　무슨 일이 있는 거 아닌지 모르겠네.

의사 : 부인, 오늘 저녁에 무슨 일이 있으셨나요? 제겐 말씀해 주셔
　　　야 합니다.

로라 : 소리를 치며 이상한 소리를 하더군요. 자기가 딸 아이의 친아
　　　버지가 맞느냐구요.

의사 : 거 참! 어떻게 그런 생각이 들었답니까?

로라 : 모르겠어요. 하녀에게 어떤 아이의 아버지가 누구냐고 물었다
　　　지 않겠어요.
　　　그래서 내가 애 엄마의 편을 들었더니 갑자기 화를 내면서
　　　아이 아버지가 누군지는 아무도 알 수 없는 노릇이라고 하더
　　　라구요.
　　　달래 볼려고 애를 썼지만 소용이 없었어요. (흐느낀다.)

의사 : 이거 무슨 수를 써도 써야겠구만. 하지만 주인의 의심을 사서
　　　는 안 됩니다.
　　　전에도 그런 적이 있었습니까?

로라 : 육년 전인가. 실제로 자기 정신이 정상이 아닌 것 같다는 편

지를 의사에게 보낸 적도 있었어요.

의사 : 이런! 이건 뿌리가 깊은 증상이구만요. 부부관계까지 세세히
여쭙지는 않겠습니다.

이미 엎질러진 물을 다시 담을 수는 없는 노릇이지만 좀더
일찍 손을 썼어야 했는데,

지금 주인께서 어디에 계실까요?

로라 : 모르겠어요. 요즈음엔 제 정신이 아닌 것 같으니까요.

의사 : 제가 주인 오실 때까지 여기서 기다려야 겠습니다.

할머니께서 편찮아서 있었다고 말씀드리지요. 그래야 의심하
지 않으실 테니 말입니다.

로라 : 그래 주세요. 제발 도와 주세요. 걱정돼서 어쩔 줄을 모르겠
어요.

헌데 남편에게 박사님 생각을 솔직히 말하는 게 낫지 않을까
요?

의사 : 아닙니다. 정신이상자에겐 그래선 안 되죠.

스스로 털어 놓을 때까지 기다려야 합니다. 그것도 조심스럽
게 말입니다.

상황에 따라 다르죠. 여기에 있으면 안 되겠군요.

옆방에 있겠습니다. 그러면 의심할 수 없을 테니까요.

로라 : 그러세요. 유모더러 나와 있으라고 하죠. 늘 유모가 늦게까지
기다리곤 했으니까요.

유모 말고는 그 이를 다룰 수 있는 사람은 없어요. (왼쪽, 문
으로 가서) 유모! 유모!

유모 : 무슨 일이세요, 부인. 대장님께서 돌아오셨나요?

로라 : 아니오, 그러나 여기서 좀 기다려 주세요.

그이 들어오면 어머니께서 편찮으셔서 의사 선생님께서 와계
시다고 말씀해 주시구요.

유모 :   알겠어요. 제게 맡기고 들어가세요.

로라 :   (왼쪽 문을 열며) 들어가시죠, 박사님.

의사 :   그러죠.

[2장]

유모 :   (탁자에 앉아, 기도서와 안경집을 집어든다.)
       그래, 그래! 그렇구 말구! (중얼거리듯 읽는다.)
       비참하고, 슬픈 것이
       우리의 인생, 이 고통의 골짜기
       죽음의 사자가 가까이에 서성거리며
       모두의 귓전에 속삭이도다.
       "모든 것이 헛되도다. 헛되고 헛되도다."
       그래, 그래. 그렇구 말구.

       이 땅의 모든 것이
       죽음의 분노 앞에 무릎을 꿇고
       단지 슬픔의 유령만이 살아남아
       새로 판 무덤 위에 이렇게 새겨 놓으리.
       "모든 것이 헛되도다. 헛되고 헛되도다."
       그래, 그래! 그렇구 말구!

버사 :   (커피잔과 수놓던 천을 들고 등장, 속삭이듯)
       유모, 여기 있어도 되요? 이층은 너무 무서워요.

유모 :   무섭긴, 하느님께서 지켜 주시는데. 아직 깨어 있었니?

버사 :   아빠께 드릴 크리스마스 선물을 만드느라구요. 보세요!
       유모께 드릴 선물도 있어요.

유모 :   귀여운 아가씨! 하지만 너무 늦었어요.

아침에 일찍 일어나야지. 벌써 자정이 지났는 걸.

버사 : 뭐 어때요. 하지만 혼자 있으려니 무서워요.

유령이 돌아다니는 것 같다니까요.

유모 : 그래? 내가 뭐라든. 내 말 잘 듣거라.

뭔가 있어. 무슨 소리를 들었니?

버사 : 다락방에서 누군가 노래를 해요.

유모 : 다락방에서! 이 시간에?

버사 : 네, 슬픈 노래였어요. 너무나 슬픈. 이제껏 그런 건 들어 본 적이 없어요.

마치 요람을 둔 붙박이장에서 소리가 나는 것 같더라구요. 아시잖아요. 왼쪽에……

유모 : 아이구, 아이구. 오늘밤 폭풍우라도 치려나.

굴뚝이라도 무너져 내릴까 걱정이구나. 이 세상에 고통과 근심 외에 무엇이 있을까? 잠시간의 희망, 그리곤 긴 절망일 뿐! 버사, 하느님께서 도와 주실 거야. 즐거운 크리스마스가 되도록 말이야.

버사 : 유모, 아빠가 정말 편찮으신 거예요?

유모 : 그런 것 같구나.

버사 : 그럼 크리스마스가 무슨 소용이람. 아빠가 아파 누워계시면.

유모 : 오, 귀여운 아가! 아빤 괜찮으실 거야.

발자욱 소리가 들리지? 이제 가서 자려무나.

이건 어서 치우고. (커피잔을 가리킨다.) 아빠가 화내실 거야.

버사 : (커피잔을 가지고 나가며) 안녕히 주무세요, 유모.

유모 : 잘 자거라.

[3장]

(유모, 기병대장)

기병대장 : (코트를 벗으며) 아직 안 주무셨어요? 어서 들어가세요!

유모 : 대장님 들어오시길 기다리느라고.

(기병대장 촛불을 켜고, 접는 책상을 펴고, 그 앞에 앉아서 주머니에서 편지와 신문을 꺼내든다.)

유모 : 대장님!

기병대장 : 왜 그러세요?

유모 : 할머니께서 편찮으세요. 의사 선생님도 와 계시구요.

기병대장 : 위독하신가요?

유모 : 그렇진 않고 그저 감기기운이 있으신 모양이에요.

기병대장 : (일어서며) 유모, 유모 아이의 아버지는 누구죠?

유모 : 벌써 여러 번 말씀드렸잖아요.

기병대장 : 틀림없이 그분이세요?

유모 : 그게 무슨 소리세요? 당연히 그렇죠. 유일한 남자였으니까.

기병대장 : 그분도 확신하실까요? 아뇨. 그렇지 않을 거예요. 유모는 몰라두.

유모 : 무슨 소린지 모르겠네.

기병대장 : 모르실 리가 있으세요. (탁자 위에 놓인 사진첩을 뒤적인다.) 버사가 날 닮았다구 생각하세요? (앨범 속의 사진을 본다.)

유모 : 판에 박은 듯하죠.

기병대장 : 그분도 자신이 아이의 아버지라는 것을 인정했나요?

유모 : 안 하면 어쩌려구요.

기병대장 : 무서운 일이야. 의사가 와 있다구요?

[4장]

(기병대장, 유모, 의사)

기병대장 : 안녕하십니까, 박사님. 장모님은 좀 어떠신가요?

의사 :   오, 심각한 건 아닙니다. 왼발을 좀 삐셨어요.

기병대장 : 유모는 감기라고 하던데. 진단이 서로 다르군요. 유모는 가서 주무세요.

(유모 퇴장. 포즈)

기병대장 : 앉으시죠.

의사 :   (앉는다.) 네.

기병대장 : 얼룩말과 보통말을 교배시키면 줄무늬 망아지가 나온다는 게 사실입니까?

의사 :   (놀라며) 물론이지요.

기병대장 : 같은 암말을 보통의 종마와 교배시키면 망아지도 계속 줄무늬를 갖게 된단 말씀이죠?

의사 :   그렇지요.

기병대장 : 그럼 어떤 상황에서는, 갈색의 종마가 얼룩 망아지를 낳고, 얼룩 망아지가 갈색 종마를 낳을 수도 있겠군요.

의사 :   그렇습니다.

기병대장 : 그렇다면, 아이가 제 아버지를 닮았다는 건 별 의미가 없겠군요?

의사 :   그건……

기병대장 : 따라서 누가 아이의 아버지인지는 증명할 수 없다?

의사 :   어…… 그러니까…… 음……

기병대장 : 지금은 혼자시죠? 자녀 분은 있으신가요?

의사 :   어…… 네.

기병대장 : 가끔 우습다는 생각 안 드십니까? 아버지가 자식을 데리고 거

리를 지나가는 모습은 참 웃기는 거 같아요.

"제 아내의 아이들이올시다."……가끔 묘한 기분 안 드세요? 뭐 의심이란 말은 안 쓰겠습니다. 부인께서는 정숙한 분이셨을 테니 말입니다.

의사 : 그런 적 없습니다. 괴테가 그랬던가요. "남자는 자식을 신뢰해야 한다"구요.

기병대장 : 신뢰? 여자가 끼어들어도 말입니까? 너무 위험해요.

의사 : 여자도 여자나름 아닙니까.

기병대장 : 최근 연구에 따르면 여잔 모두 똑같다는 게 증명이 됐어요. 이래뵈도 젊었을 땐 강하고 핸섬했죠. 여자들은 뻔해요. 두 가지만 말씀드리지.

한 번은 배를 타고 여행을 하던 중이었는데 휴게실에서 친구들 하고 앉아 있었죠.

한 젊은 웨이트리스가 맞은 편에 앉아 울고 있더라구요. 얘길 들어 보니 약혼자가 물에 빠져 죽었다는 거예요.

안됐다 싶어 샴페인을 주문했지요. 두 잔째에 그녀의 발을 만지고, 네 잔째에는 무릎을 더듬다가 밤새 위로해 주느라고 힘깨나 들었었죠.

의사 : 거야 가뭄에 콩난 거구, 겨울철에 파리 본 거지.

기병대장 : 두 번째 이야기. 이건 여름철 파리에요.

리세킬이란 시골마을에 주둔하고 있었는데, 그 곳에 한 젊은 부인이 있었어요.

애들도 있었구요. 남편은 출장중이었지요. 아주 종교적인 여자였어요.

엄격한 원칙을 고수하고 내게 도덕강의록도 읽어 줬으니까. 때론 설교도 했지요.

정말 기품 있는 부인이었습니다. 지금도 그렇게 믿고 있어요.

그 부인에게 책을 한두 권 빌려 줬지요. 이상한 얘기지만 떠날 때가 되서 내게 책을 되돌려 주었는데, 석달 뒤 그 책갈피에서 내게 보낸 사랑의 고백을 찾아냈지 뭡니까.

정숙한 남의 부인이 낯선 사내에게 사랑의 고백이라니, 더구나 난 아무런 짓도 안 했단 말입니다. 도덕? 너무 믿을 게 못 되요.

의사 : 너무 안 믿어도 문제죠.

기병대장 : 그야 그렇죠. 넘쳐도 모자라도 안 되는 거니까.

하지만 박사님, 그 여잔 남편에게 나에 대한 감정을 얘기했단 말이에요.

그게 바로 위험한 거죠. 여자들은 본능적으로 말썽을 일으키면서도 그걸 깨닫지 못하는 존재라 이겁니다. 이해는 가지만 그렇다고 죄가 깨끗이 씻어지는 건 아니죠.

의사 : 대장님, 그런 생각들은 건강에 별로 좋지 않을 것 같군요.

기병대장 : 건강에 좋지 않다구요? 그런 말 마세요. 사람마다 다른 거니까. 아시겠소?

이 곳에서 날 감시하고 있죠? 내가 사내만 아니라면 비난이라도 하겠지. 불평이라도 늘어 놓을 수 있을 거구. 그리곤 어디가 아프고 왜 병이 났는지도 말하겠죠. 하지만 불행히도 난 사내요. 팔짱을 끼고 숨을 죽인 채 그렇게 죽어가는 거지. 안녕히 주무시오.

의사 : 대장! 병이 있다면, 그 사실을 의사에게 말하는 것이 남자의 명예와 무슨 상관이 있습니까? 난 양쪽 모두의 얘기를 들어야겠어요.

기병대장 : 한 쪽 얘기 충분히 들으셨으면 됐지 뭘 그러시오.

의사 : 그렇지 않아요. 입센의 연극을 봤지요. 여주인공이 죽은 남편의 시신을 앞에 놓고 떠들어대는 소리를 듣곤 이렇게 생각했

죠. "이 무슨 창피한 꼴인가, 죽어 넘어져 자기자신마저 변호할 수 없다니!"라구요.

기병대장 : 살아 있었다 한들 입이나 뻥긋할 수 있었겠소?
무덤을 뚫고 나와 떠들어댄들 누구도 믿어 주지 않을 테니 말이죠.
자, 잠이나 주무시지. 난 괜찮으니 편히 주무시라구요.

의사 : 안녕히 주무시오. 나도 더 이상은 어쩔 수 없군요.

가병대장 : 우리가 서로 적인가요?

의사 : 결코 그렇지 않죠. 하지만 친구가 될 수 없다는 것이 유감이군요.
안녕히 주무시오. (퇴장한다.)

기병대장 : (무대 안쪽 문까지 의사를 배웅하고, 왼쪽 문으로 가서 살그머니 문을 연다.)
나와요. 얘기 좀 합시다. 엿듣고 있다는 거 다 알아요.

[5장]

(로라가 당황하여 들어선다. 기병대장은 접는 책상 앞에 앉아 있다.)

기병대장 : 늦은 시간이니 간단히 얘기를 마무리 지읍시다. 앉으라니까!
(포즈) 오늘 저녁에 우체국에 가서 내 편지들을 가져왔소.
들자 하니 그 동안 당신이 오고가는 내 편지들을 중간에서 가로 챘더군. 당신 덕에 내 연구는 엉망진창이 됐구 말이야.

로라 : 나쁜 뜻은 아니었어요. 당신이 집안일은 돌보지 않고 연구에만 빠져 있었으니까요.

기병대장 : 나쁜 뜻은 아니셨다? 당신은 내가 연구를 통해 명예를 얻을까봐 두려웠던 거야.

그렇게 되면 당신은 더욱 보잘것 없이 보이고 말 테니까.
당신에게 온 편지들을 가져왔지.

로라 : 고맙군요.

기병대장 : 고마워할 거 없어. 내가 미리 봤으니까. 그 동안 참 잘도 해왔더구만.

내가 미쳤다구 소문을 퍼뜨려 모두가 등을 돌리게 했으니 말이야. 대단하시더라구.

사령관에서 식사당번까지 내가 제 정신이라구 믿는 사람은 이제 한 사람도 없으니 말이야. 하지만 당신이 더 잘 알겠지만 난 멀쩡해.

난 내 일도 아버지로서의 역할도 모두 제대로 수행할 수 있으니까 말이지.

감정을 억제할 수도 있고 지금까진 의지도 전과 같으니까. 당신이 아무리 가증을 떨어도 당신이 원하는 대로 되지는 않을 거요. 내 분명히 말해 두지.

당신 감정에 호소하진 않겠소. 감정이라곤 다 메말라 버린 사람이니까.

이건 당신에게도 이익이 될 테니까 잘 들어요.

로라 : 계속하세요.

기병대장 : 당신은 내 마음 속에 의심을 불러일으켰소. 이제 곧 판단력도 흐려지고, 생각도 갈피를 못잡겠지. 당신이 원하던 대로 미쳐가는 거요. 언제라도 말이요. 생각해 봐요.

내가 병들어서 당신에게 이익이 될 게 뭐요? 생각해 보라구. 내가 실성하면, 직장도 잃게 될 거구 결국 가족을 부양할 수 없게 되지 않겠소?

내가 늙거나 병들어 죽는다면 생명보험이라도 타겠지. 하지만 자살하게 되면, 아무것도 얻지 못할 거야. 그러니 그냥 살아 가도록 두는 게 당신에게 이득이란 얘기요.

로라 : 협상하자는 건가요?

기병대장 : 그래, 둘 중 하날 택하라구.

로라 : 자살할 거라구 하셨나요? 당신은 그렇게 못해요.

기병대장 : 그래? 자신의 삶을 바칠 사람도, 명분도 없을 때 남자가 살아
갈 수 있을 거라 믿소?

로라 : 그럼 항복하시겠다는 건가요?

기병대장 : 아니, 휴전을 제의하는 거요.

로라 : 조건은요?

기병대장 : 미치지 않게 되는 거지. 제발 의심에서 벗어나게 해 주시오.
그러면, 이 전쟁을 포기하겠소.

로라 : 무슨 의심이오?

기병대장 : 버사의 출생 말이오.

로라 : 그게 의심스럽나요?

기병대장 : 그래요. 마음 속의 의혹을 당신이 깨워 놨으니까.

로라 : 제가요?

기병대장 : 그래. 마치 귓속에 독약을 흘려넣듯 의심을 불어 넣었지.
이 불안감에서 벗어날 수 있도록 솔직히 말을 해 봐요.
그렇다고 해도 난 이미 당신을 용서했다구.

로라 : 하지만 짓지도 않은 죄를 이렇게 고백하죠?

기병대장 : 괜찮다니까. 절대 비밀로 하겠소. 무슨 자랑이라고 떠벌이구
다니겠어?

로라 : 사실이 아니라구 말하면 믿지 않을 거구.
사실이라구 하면 믿을 거구. 그러니 사실이길 바라는 거로군
요.

기병대장 : 그렇지. 하난 입증할 수 없어도 다른 하나는 입증할 수 있으
니까.

로라 : 그렇게 의심할 근거라도 있어요?

기병대장 : 있기도 하고 없기도 하구.

로라 : 당신은 내게 죄가 있기를 바라는 것 같군요. 그래서 날 내쫓고 우리 아이를 자기 마음대로 하려고 말이죠. 그런 얕은 수엔 절대 넘어가지 않을 거예요.

기병대장 : 부정한 마누라에게서 난 다른 녀석의 자식을 먹여 살리구 싶어할 것 같소?

로라 : 물론 안 그러시겠죠. 그러면서 용서는 무슨 용서예요. 거짓말 그만 하세요.

기병대장 : (일어선다.) 여보, 제발 부탁이오. 정말 견딜 수가 없다구.
당신은 내말을 잘못 이해하고 있어. 만일 내 아이가 아니라면 내겐 아무런 권리도 없구, 또 원하지도 않아. 그게 당신이 바라던 거 아닌가? 안 그래?
또 다른 걸 원하는 게 있소? 아이에 대한 권리를 차지하고 난 그저 돈이나 벌어다 대는 기계로 있어라?

로라 : 권리요? 그래요. 이렇게 죽기 살기로 싸우는 건 오직 그 권리 때문이죠.

기병대장 : 난 부활 따윈 믿지 않아. 내게 있어 자식은 내 죽은 후의 삶이라구.
그게 내가 믿는 영생의 개념이야. 그건 분명한 현실이지.
당신이 아이를 빼앗아가면 그건 결국 나의 삶을 빼앗아 가는 거나 마찬가지야.

로라 : 그렇다면 왜 우린 좀더 일찍 헤어지지 못했죠?

기병대장 : 아이 때문이지. 아이가 우리 사이를 결속시킨 거야.
그 결속이 이젠 구속의 사슬이 되었지만. 어쩌다 그렇게 됐지? 어쩌다 말이야.
한 번도 생각해 본 적이 없지만 이제 기억이 떠올라.

그 기억이 날 비웃고, 비난하는 것 같아.

결혼한 지 두 해가 지났어도 우린 애가 없었지. 그 이유는 당신도 잘 알지?

난 앓고 있었고, 거의 사경을 헤메고 있었으니까. 당신과 변호사는 나의 유산에 대해 얘기를 했었어. 그 때만 해도 재산이 조금은 있었으니까.

거실에서 들려오던 그 소리를 들었어. 변호사가 당신에게 설명을 하더군.

애가 없으면 유산을 받을 수 없다고 말이야. 그가 당신더러 임신중이냐고 물었어.

당신 대답은 못들었지. 그리고 내가 병에서 회복이 되고 우린 아이를 갖게 된 거야.

아이의 아버지가 누구야?

로라 : 당신이에요.

기병대장 : 아냐. 그렇지 않아. 이제껏까지는 숨겨 왔지만 이제 드러나기 시작한 거라구.

추악한 범죄지. 당신네 여자들은 흑인노예를 해방시킨 대신 백인노예를 만들어 냈어. 난 당신과 당신의 자식과 당신의 어머니, 당신의 하인들을 위해 노예처럼 혹사당하고 살아왔지. 나의 삶을 희생하고 고문과 비난을 감수하고, 잠도 제대로 못 자면서 고통을 감내했지.

덕분에 머리는 백발이 되고 당신은 아무런 걱정·근심없이 살아왔던 거라구.

이제 늙어서는 자식 재미까지 혼자 보려는구만. 난 이 모든 것을 아무런 불평없이 참아 왔어. 왜냐하면 내가 아이의 아버지라고 믿었기 때문인거지. 이건 정말 도둑놈 심보가 아니고 뭐야. 이렇듯 잔인하게 부려 먹구선.

무려 17년 동안이나 죄없이 강제노동에 시달려 온 나라고. 그
대가가 뭐지?

로라 : 당신 정말 미쳤군요.

기병대장 : (앉는다.) 그랬으면 하겠지. 당신의 가증스런 모습을 지켜봤
어. 당신이 안돼 보이더군. 왜 슬퍼하는지 몰랐기 때문이었어.
그리고 당신의 사악한 양심을 위로하려구 했지. 들을 마음은
없었지만 당신이 자다가 지르는 비명소리를 들었소. 지금도
기억하고 있어, 당신과 마지막 잠자리를 같이한 그 전날 밤.
버사의 생일날이었지 아마. 새벽 두세 시쯤 됐을까.
난 깨어서 책을 읽고 있었는데 당신이 누군가에게 목을 졸리
우듯 소리를 질러댔어.
"오지 말아요. 오지 말아요! " 난 주먹으로 벽을 쳤어. 더 이
상 듣고 싶지 않았거든. 난 오랫동안 의심해 왔지. 하지만 그
걸 확인할 용기는 나지 않더군.
당신을 위해 참았던 거라구. 자 이제 당신은 날 위해 뭘 해줄
거야?

로라 : 내가 뭘 할 수 있겠어요? 하늘을 두고 맹세하지만 당신은 버
사의 아버지예요.

기병대장 : 그게 이제 와서 무슨 소용이야. 당신이 그랬잖아. 여잔 자식
을 얻기 위해 어떤 죄도 저지를 수 있다고 말이야. 제발 부탁
이오. 모든 걸 얘기해요!
이렇듯 우는 아이처럼 힘없이 당신에게 빌고 있잖소. 난 사내
야.
명령 한 마디로 병사들과 야수들을 온순하게 만들 수 있는
군인이기도 하고 말야.
당신 모르오? 그런 내가 당신에게 자비를 구하고 있잖아.
병든 자에게 동정심을 베풀어 달라고, 모든 용맹과 훈장을 내

려 놓고 당신에게 자비를 구하고 있잖느냐고…… 제발……

로라 : (그에게 다가가 이마에 손을 얹는다.) 아니 당신, 울고 있는
거예요?

기병대장 : 그래, 울고 있어. 사내놈이 말이야. 하지만 사내에게도 눈물
은 있다고.

손과 사지와 가슴과 생각과 열정이 있는 거라구. 같은 음식을
먹고, 창칼에 찔리면 부상을 입고, 여름이면 덥고, 겨울이면
추운 거라구, 여자와 마찬가지야.

찌르면 피를 흘리고 간지럽히면 웃는 건 다 똑같아. 독을 마
시면 죽는 것도 마찬가지라고. 왜 남자는 불평하면 안 되지.
군인은 울지도 못하나?

그러면 남자답지 못한 거야 왜?

로라 : 울어요, 실컷. 엄마가 있으니까. 당신 기억해요?

당신의 삶에 들어섰을 때 난 이미 당신의 또 다른 어머니였
어요. 당신의 크고 강한 육체는 두려움에 빠져 있었죠.

당신은 너무 늦게, 원하지도 않는 데 태어난 큰 아이였어요.

기병대장 : 그랬지. 원하지 않는 데 태어난 아이. 그게 나였어.

당신과 내가 하나가 됐을 때, 난 이제 완전해지는구나 하고
생각했어.

그래서 모든 걸 당신에게 맡겼시. 군대 안에선 명령을 내리는
지휘관이었지만, 당신과 함께 있을 때는 오로지 부족할 뿐이
었어. 당신 곁에서 성장하고, 당신을 우러러보고, 착한 아이
처럼 당신 말을 들었소.

로라 : 그래요. 그랬어요. 난 자식처럼 당신을 사랑했죠. 하지만……

당신도 알고 있을 거에요. 당신의 나에 대한 느낌이 변해서
내게 연인으로 다가올 때마다 난 수치심을 느꼈어요. 당신의
포옹으로 절정에 다를 때마다 양심의 가책을 느꼈죠. 불륜의

피처럼 부끄럽게 말이에요.

어머니가 정부로 바뀐 듯해서요. 오……!

기병대장 : 그래, 나도 느꼈지. 하지만 난 이해하지 못했소. 난 당신이
나의 허약함을 비웃는 거라구 생각했거든. 난 사내가 됨으로
써 당신을 얻고 싶었으니까.

로라 : 그게 바로 당신의 잘못이었어요. 어머닌 당신의 친구였지만
여자는 당신의 적이었던 거죠. 남녀 간의 사랑은 전쟁이에요.
날 믿었다고 생각하지 말아요.

난 준 게 아니라 내가 갖고 싶은 걸 얻었을 뿐이죠. 하지만
당신이 우선이었어요.

난 그걸 느꼈어요. 그리고 당신도 그렇게 느껴 주기를 원했구
요.

기병대장 : 아니. 우월했던 건 당신이었소. 당신은 내게 최면술을 걸어
보지도 듣지도 못하게 했지. 오로지 복종시켰을 뿐이라구.

생감자를 주면서도 복숭아라고 믿게 할 수 있었소. 당신의 어
리석은 생각마저도 천재의 착상으로 믿게 했으니까.

당신은 날 죄로, 악으로 밀어 넣을 수도 있었지. 당신은 지성
이 부족해서 내 충고를 무시하고는 하고 싶은 대로 했으니까.

하지만 결국 내가 미몽에서 깨어나 주위를 돌아보고, 나의 명
예가 말라 비틀어져 있음을 깨닫게 됐을 때, 난 그 치욕의 자
욱을 지워 버리고 싶었소.

고귀하고 용감한 행위, 발견, 아니면 명예로운 자살이라도 해
서 말이오.

난 전쟁에 나가고 싶었지만 그렇게 하지 못했소. 그래서 과학
에 몰두했지.

이제 가까스로 노력의 결실을 얻으려 손을 뻗치는 순간 당신
이 내 팔목을 잘라 버리는 거요. 이제 명예도 없으니 살아갈

수도 없구료. 남잔 명예로움 없이는 살 수 없는 존재니까……

로라 :   하지만 여자도……

기병대장 : 여자에겐 자식이 있잖소. 남자에겐 그 마저도 없으니……
당신과 나 이 세상의 다른 모든 남자, 여자들은 아이처럼 천
진난만하게 환상과 이상, 그리고 꿈 속에서 살아온 거요.
이제 잠에서 깨어났지. 그래 깨어났어. 하지만 모든 게 엉망
일 뿐이야.
우리를 깨운 그 자 또한 몽유병자일 뿐이니까.
여자가 늙어 더 이상 여자가 아니게 되면 턱에 수염이 나지.
남자는 어떨까 궁금해. 새벽을 알린 건 더 이상 젊은 수탉이
아니었어.
거세당한 숫놈일 뿐이지. 그리고 암탉들은 우리의 거짓신호
에 답했던 거지.
그래서 태양이 떠 올랐을 때 우린 좋았던 시절처럼 폐허의
달빛 속에 앉아 있었던 거라구. 그건 단지 짜증나는 잠이었을
뿐이야.
악몽이었던 거지. 깨어나는 것 같은 건 없었어.

로라 :   시인이 될 걸 그랬어요.

기병대장 : 그랬을지도 모르지.

로라 :   이제 졸리는군요. 아직도 환상이 남아 있다면 아침에 이야기
하죠.

기병대장 : 한 마디만 더 합시다. 이건 환상이 아니오. 날 증오하오?

로라 :   가끔요. 당신이 사내가 될 때요.

기병대장 : 마치 인종적 증오 같군. 원숭이가 우리의 조상이라면 두 가지
종류로 진화한 것 같아.
우린 같은 종이 아닌 모양이오, 안 그렇소?

로라 :   그게 무슨 말이죠?

기병대장 : 이 전쟁에서 우리 중 하나는 져야 할 것 같군.

로라 : 누가요?

기병대장 : 물론 약한 자가 패배하는 거요.

로라 : 강자가 옳은 건가요?

기병대장 : 언제나 그렇지. 힘을 지니고 있으니까.

로라 : 그럼 내가 옳겠군요.

기병대장 : 당신에게 힘이 있다고 생각하오?

로라 : 그래요, 내일이면 법적으로도 힘을 갖게 될 거에요. 당신이 인정하면요.

기병대장 : 인정한다?

로라 : 그래요. 그리고 아이는 내가 양육하게 되겠죠. 당신의 계획따윈 필요 없이 말이에요.

기병대장 : 하지만 내가 가 버리면 생활비는 누가 대지?

로라 : 당신의 연금이 있으니까.

기병대장 : (위협적으로 그녀에게 다가서며) 어떻게 내가 인정하도록 할 셈이지?

로라 : (편지를 꺼내며) 이 편지로요. 벌써 법원에 부쳤어요.

기병대장 : 그게 무슨 편지요?

로라 : (문쪽으로 뒷걸음질 치며) 당신의 편지죠! 당신이 스스로 미쳤음을 인정하고 의사에게 보낸 편지 말이에요.

(기병대장이 그녀를 멍청히 바라본다.) 그 동안 아버지로서 부양자로서 잘 해 오셨어요. 이제 당신은 필요치 않아요. 떠나셔도 괜찮아요.

난 지성과 의지를 겸비했어요. 이제 머물 준비가 돼 있지 않고, 또 스스로 그것을 인정했으니 가 버리라구요!

(기병대장이 탁자 쪽으로 가서 불타고 있는 램프를 집어들고

로라를 향해 던진다. 로라는 문을 통해 달아난다.)

【3막】

2막과 같음. 램프는 다른 것으로 바뀌었음.
오른쪽의 보이지 않는 문에 의자로 바리케이트가 쳐져 있다.

[1장]

(로라와 유모)

로라 : 그 이가 열쇠를 줬어요?

유모 : 주기는요. 주머니에서 빼 왔지요. 노이드에 세탁하도록 시킨
코트 속에 두었더라구요.

로라 : 오늘은 노이드가 당번이던가요?

유모 : 그래요.

로라 : 열쇠를 제게 주세요.

유목 : 도둑질을 다하구! 그러세요. 오, 저 소리좀 들어 보세요, 부인.
왜 저렇게 서성대는 거지?

로라 : 문은 잘 잠갔죠?

유모 : 그럼요 잘 잠갔지요.

로라 : (여닫이책상을 열고, 그 앞에 앉는다.) 진정하세요, 유모.
지금은 그 길밖에는 없으니까요. (문 두드리는 소리가 난다.)
누구죠?

유모 : (거실로 통하는 문을 연다.) 노이드예요.

로라 : 들어오라구 하세요.

노이드 : (들어선다.) 사령관님으로부터 전문입니다!

로라 : 이리 줘요. (읽는다.) 노이드, 총에 탄창은 빼 놓았죠?

노이드 : 네, 부인. 명령대로 했습니다.

로라 : 그럼 밖에서 기다려요. 사령관님께 답장을 쓸 테니까.
(노이드가 나가고 로라는 편지를 쓴다.)

유모 : 들어 보세요. 도대체 위에서 뭘하고 있는 거죠?

로라 : 편지 쓰는 동안은 조용히 하세요.
(톱질하는 소리가 들린다.)

유모 : (혼잣말처럼) 자비로운 주님 우릴 돌보아 주소서!
도대체 얼마나 해야 끝이 날까?

로라 : 자 됐어요. 이 편지를 노이드에게 갖다 주세요. 어머니가 이
사실을 아셔서는 절대로 안 돼요. 유모, 내 말 들어요?
(유모가 문쪽으로 간다. 로라는 책상의 서랍을 열고 몇 장의
서류를 꺼낸다.)

[2장]

(로라의 오빠인 목사가 의자를 꺼내 책상 앞에 앉은 그녀의 곁에 앉는
다.)

목사 : 잘 있었니? 하루종일 정신없이 바빠서 미리 오질 못했구나.
헌데 이게 어찌된 일이냐?

로라 : 오빠, 어쩌죠? 정말 끔찍한 하루였어요.

목사 : 어찌됐건 네게 별일이 없어 다행이구나.

로라 : 그래요. 하지만 이 일을 어쩌면 좋죠?

목사 : 내게 한 가지만 말해 보려무나. 어떻게 시작된 일이니?
하두 이 사람 저 사람 얘기가 많으니 도통……

로라 : 그 이가 자긴 버사의 아버지가 아니라구 횡설수설하면서 내
얼굴에 불붙은 램프를 집어 던졌다구요.

목사 : 큰 일 날뻔 했구나. 정말 미쳐 버렸어. 이젠 어떡하지?

로라 : 더 이상의 폭력만은 막아야겠지요. 의사선생님이 정신병원에

서 병자들에게 입히는 구속복을 가지러 사람을 보냈어요. 전 사령관에게 편지를 보내 사태를 수습해 보려구 하고 있구요. 정말 창피스러워 죽겠어요.

목사 : 어쩌다 이런 꼴이 됐지. 내가 항상 이런 일이 있을지도 모른다고 걱정을 했건만.

불과 기름이니 안 터져 버리고 배기겠어? 서랍에 있는 건 뭐냐?

로라 : (책상에서 서랍을 끌어내며) 보세요. 그 이가 모든 걸 감춰 놓았던 곳이라구요.

목사 : (서랍을 들여다보며) 원 이런, 네가 어렸을 때 가지고 놀던 인형에, 세례때 쓰던 모자, 버사의 딸랭이 장난감…… 그리고 네게 보낸 편지들, 네 사진이든 목걸이……

(손수건으로 눈물을 닦으며) 그 사람이 널 무척 사랑했던 게로구나. 이 꼴이 되긴 했지만 말이다. 나 같으면 이렇게 하진 못했을 텐데.

로라 : 옛날엔 날 사랑했던 모양이죠. 하지만 세월이…… 세월이 그 이를 이렇게 바꿔 놓았다구요.

목사 : 저 큰 서류는 뭐니? 아니 이건 영수증 …… 묘지 영수증 아닌가!

정신병원보다는 묘지가 낫겠지. 로라, 말해 봐라. 이 일에 네 잘못은 없었니?

로라 : 저요? 저 이가 미친게 어째서 제 잘못이 돼요?

목사 : 관두자. 어차피 피는 물보다 진한 거니까.

로라 : 그게 무슨 뜻이죠?

목사 : (그녀를 보며) 로라?

로라 : 네?

목사 : 그러니까, 네 뜻대로 된 거지? 이제 아이의 양육권은 네게 있

으니까.

로라 : 무슨 말인지 모르겠네요.

목사 : 참 대단하구나.

로라 : 글쎄요.

목사 : 네 남편은 신앙심이 깊은 인물은 못 되었지.
곡식 가운데 가라지 같은 존재라구 생각해 왔으니까.

로라 : (짧게, 억누르듯 웃으며. 그러다가 갑자기 진지해지며)
어떻게 그렇게 말하죠…… 난 그 사람 부인이라구요.

목사 : 넌 너무 강해. 믿을 수 없으리만치 강하다구.
덫에 걸린 여우라면, 넌 차라리 네 다리를 물어뜯어 버릴 걸.
잡혀 있을 네가 아니지. 도둑을 해도 대장을 할 사람이야. 부
하들에게 고함을 치고, 심지어는 네 양심마저 야단을 칠거야.
거울을 비춰 봐. 아마 못할 걸.

로라 : 난 거울을 안 봐요.

목사 : 안 보는 게 아니라 못 보는 거지. 손좀 보여 주렴.
피 한 방울 보이지 않고, 독약 또한 묻어 있지 않을 거야.
법으로는 어쩔 수 없는 무죄의 살인.
무의식적 범죄 아니겠니?
똑똑해. 정말 똑똑해. 하지만 네 남편이 저 위에서 뭘하고
하고 있는지는 들리지?
아마 방에서 풀려 나오면 널 갈기갈기 찢어 놓으려 할 걸!

로라 : 오빠. 오늘 말이 너무 많으시네요. 양심이 뭐 어떻다구요?
할 수 있다면, 날 비난하세요.

목사 : 그럴 수는 없겠지.

로라 : 그래요. 오빠 못 하세요. 난 죄가 없으니까요.
오빠 오빠 일을 하시고, 난 내 일을 하는 거죠. 의사선생이
오는군요.

[3장]

(로라. 목사. 의사)

로라 :   (일어서며) 안녕하세요. 박사님. 절 도와 주시겠죠?
　　　　어째야 할지 모르겠어요. 위층에서 나는 소리 들리시죠?
　　　　이젠 제 말을 믿으시겠어요?

의사 :   폭력행위가 벌어진 것에 대해서는 믿죠. 문제는 그것이 분노
　　　　에 의한 것인지, 아니면 광증에 의한 것인지 하는 겁니다.

목사 :   실제로 폭력을 행사한 것은 차치하고라도, 그 틀에 박힌 사고
　　　　방식은 문제 아닙니까.

의사 :   틀에 박힌 것으로 치자면, 목사님 사고방식을 당하겠습니까?

목사 :   박사께서 제 신앙적 확신을 말씀하시는 거라면……

의사 :   아닙니다. 부인, 이제 부군을 감옥에 보내시든 벌금형에 처하
　　　　시든 아니면 정신병원에 보내시든 부인 마음대로예요. 어떻
　　　　게 하시겠습니까?

로라 :   지금은 말씀 드릴 수가 없군요.

의사 :   어떻게 하는 게 가족에게 가장 이익이 되는지, 아직 확신하지
　　　　못하겠다는 뜻인가요?
　　　　목사님은 어떻게 생각하십니까?

목사 :   어떻게 되든 끔찍한 스캔들이지. 정말 모르겠어.

로라 :   벌금형으로만 했다가는 또 그런 짓을 할 거에요.

의사 :   감옥에 가더라도, 곧 풀려 나겠죠.
　　　　제일 좋은 건 정신이상자로서 치료를 받게 하는 겁니다.
　　　　유모는 어디 있죠?

로라 :   왜 그러시죠?

의사 :   그에게 구속복을 입혀야 하니까요. 남편과 얘기를 하다가 신
　　　　호를 보내겠습니다.

신호 전에는 절대로 안 됩니다. (홀로 나가서 큰 꾸러미를 들고 나온다.)

유모에게 들어오시라고 하세요. (로라가 벨을 울린다.)

목사 :   끔찍하군. 끔찍해. (유모가 들어온다.)

의사 :   (구속복을 끌며) 아시겠죠? 때가 되면, 뒤에서 접근해서 이걸 입히는 거예요.

발작을 막아야 하니까요. 아시겠지만, 이 옷은 소매가 길어서 행동을 제약하게 되죠.

이걸 등 뒤로 단단히 묶어야 해요. 이 두 개의 가죽끈을 버클 사이로 빼내야죠.

그리곤 의자 뒤에 묶는 겁니다. 소파라도 괜찮구요. 편리한 대로 하면 되는 겁니다.

하실 수 있겠죠?

유모 :   못 하겠어요. 난, 난 못해요.

로라 :   직접 해 주시면 안 되나요, 박사님?

의사 :   환자가 절 믿지 않습니다. 원래는 부인께서 하시는 게 좋겠지만 부인도 믿지 않으니까요. (로라는 응답이 없다.)

목사님께선……?

목사 :   아니에요. 아니에요. 난 절대로 못 해요!

[4장]

(로라, 목사, 의사, 유모, 노이드)

로라 :   편지는 전달했어요?

노이드 :   네, 부인.

의사 :   아, 노이드. 무슨 일인지 자네도 알겠지. 대장께선 병이 나셔서.

	자네가 우릴 도와 줘야겠네.
노이드 :	대장님을 위한 일이라면 무엇이든 하겠습니다.
의사 :	좋아. 이제 이 옷을 대장에게 입혀야 하겠네.
유모 :	안 돼요. 노이드가 하면 거칠어서 대장님이 다칠 수도 있을
	거예요.
	차라리 내가 하죠. 부드럽게, 살살 노이드는 밖에서 기다리도
	록 해 주세요.
	도움이 필요하면 부를 수 있도록 말이죠.
	(보이지 않는 문을 주먹으로 치는 소리가 들린다.)
의사 :	저기 있구만. 보이지 않게 숄 밑에 감춰요 ……그래요.
	저 의자 위에, ……그리고 다른 분들은 나가도록 하세요.
	목사님과 내가 이 곳에서 기다리죠. 저 문도 오래 못 버티겠
	어요.
	자 어서들 나가세요.
유모 :	(왼쪽으로 나간다.) 오, 주여. 제발.
	(로라는 책상을 접고 나간다. 노이드는 무대 안쪽으로 퇴장.)

[5장]

(열쇠가 부숴지고, 의자가 마루에 부딪히며 문이 활짝 열린다. 기병대장이 팔에 몇 권의 책을 낀 채 등장한다.)

(의사와 목사)

기병대장 : (책들을 탁자 위에 놓으며) 모두 여기 계셨구만. 난 미치지 않았소이다.

증명해 볼까요? 오디세이 1권, 215줄. 그러니까 웁살라 번역판으로 6페이지에서 텔레마쿠스가 아테나 신에게 말하지.

"내 어머니가 오디세우스란 분이 내 아버지라고 주장하고 있는 건 사실입니다. 하지만 난 그걸 확신할 수 없어요. 누구도 자신이 어디서 생겨났는지 확신할 수 없으니까."

그리곤 가장 순결한 여인 페네로페에 대해 이렇게 말한다구. 예쁘지, 응?

예언자 에제키엘 왈,

"바보들은 말한다. 이분이 제 아버지 올시다! 하지만 어느 사내의 씨인지 누가 알 수 있으리오." 맞는 말이야.

또 해 볼까요? 머슬라코프의 '러시아 문학사'. "러시아의 위대한 시인 알렉산더 푸슈킨은 전투에서 가슴에 총탄을 맞아 죽은 것이 아니라, 아내의 부정에 대한 소문 때문에 죽었노라. 그가 운명하는 자리에서 그의 아내는 순결함을 맹세하였다."

천치 같은 인간! 어떻게 그런 맹세를 할 수 있는 거지? 어때요? 나도 제법 유식한 편이죠?

어, 처남 거기 계셨군. 의사 선생님도 계시고. 다들 들으셨겠지? 아일랜드 남자들은 자기 아내의 얼굴에 불붙은 램프를 던진다고 불평하는 한 영국 여자에게 내가 한 말이오. 내가 그랬지.

"도대체 여자란" 하구 말야. 그랬더니 그 여자 혀짧은 소리로 그러더군.

"여자라구요?" 그래서,

내가 "그렇소" 하고 대답했지.

"한 여성을 사랑하고 숭배했던 남자가 불붙은 램프를 집어들어 그것을 그 여인의 얼굴에 집어던지는 순간이 오면, 당신은 알게 되겠지……"

목사 :   뭘 알게 되지?

기병대장 : 아무것도! 아무것도 모르죠…… 그저 믿을 뿐이라구요.

처남, 믿어서 구원받는 거지? 그래 구원 말이야.

하지만 그 믿음이 저주가 되기도 한다구. 난 알아.

의사 : 대장!

기병대장 : 오, 닥치시오. 당신과는 얘기하고 싶지 않아.

앵무새처럼 그 여자들의 얘기나 옮기는 주제에 내 말이 무슨 뜻인지 알 거요.

말해 봐요, 처남.

처남은 자기가 애들 아버지인 걸 믿으쇼?

한 때 가정교사를 뒀었다고 하던데, 사람들이 그 친구 참 멋진 눈매를 하고 있다고 말하는 소릴 들었는데.

목사 : 이보게, 정신 좀 차려……!

기병대장 : 머릴 한 번 만져 봐요. 혹시 부정한 마누라를 둔 남편머리에 돋는다는 두 개의 뿔이 느껴지지 않는지 보라구.

없으면 말구. 그래, 그래 그저 하는 말이라구.

남편들 …… 다 웃기는 것들이야. 안 그렇소, 의사선생?

당신 침실은 어땠어? 중위 한 사람이 당신 집에 머문 적이 있지?

가만 있자 그 친구 이름이……? (의사의 귀에 속삭인다.)

저런 얼굴색이 말이 아니군. 울지마오.

당신 부인은 이미 죽어 묻혔는데…… 없질러진 물을 다시 주워담을 수 있겠소? 난 그 친구를 알았지.

지금…… 그러니까 날 봐요. 내 눈을 보라구. 지금은 소령이 되어서 드래군스 요새에 근무하지. 그 친구도 머리에 뿔이 돋았을 거야.

의사 : 대장, 다른 얘기를 하는 게 어떻겠소?

기병대장 : 처남 보라구요. 내가 뿔 얘기를 하자마자, 이 친구 다른 얘기

를 하자는구만.

목사 :　　　이 보게 자네, 제 정신이 아니라는 거 모르겠나?

기병대장 :　알지요, 하지만 당신들 뿔난 머리도 마찬가지야. 그 꼴로는
　　　　　　　곧 감옥에 가고말 걸! 난 미쳤어, 하지만 어째서 미쳐 버린
　　　　　　　거지?

　　　　　　　당신들은 상관없겠지. 누구도 말이야.

　　　　　　　어디 다른 얘기좀 해 봅시다. (탁자에서 사진첩을 꺼낸다.)

　　　　　　　여기 내 딸이 있구만 …… 내 딸? 어떻게 알지?

　　　　　　　어떻게 해야 확신할 수 있는 건지 알아요?

　　　　　　　먼저 결혼해서 사회적으로 존경받는 인물이 되는 거야.

　　　　　　　그리고 얼마 있다가 이혼하는 거지. 그리곤 연인이 되어서 아
　　　　　　　이를 입양하는 거야. 그러면 적어도, 그 애가 입양한 자식이
　　　　　　　란 사실만은 확신할 수 있는 거라구. 안 그래?

　　　　　　　하지만 이게 내게 무슨 소용이 있어?

　　　　　　　이제 자식을 통해 영원히 살 수 있다는 희망마저 사라졌으니
　　　　　　　무슨 소용이 있느냐고. 삶의 목적도 없는데 과학이고 철학이
　　　　　　　고가 무슨 소용이야?

　　　　　　　명예조차 남아 있지 않은 마당에 살아 있은들 무엇하냐 말이
　　　　　　　야.

　　　　　　　내 오른팔, 절반의 뇌, 절반의 척수를 다른 줄기에 접목했었
　　　　　　　지. 그것들이 합쳐져서 하나의, 보다 완벽한 한 그루의 나무
　　　　　　　를 만들 거라 믿었으니까.

　　　　　　　헌데 누군가 칼을 들고 다가와 접목한 부분을 잘라 버렸어.
　　　　　　　그래서 난 이제 반 그루 나무에 불과하게 된 거라구. 허지만
　　　　　　　내가 접목됐던 그 나무는 내 팔과, 내 반쪽의 뇌로 번창하고
　　　　　　　있지.

　　　　　　　난 시들어 죽어가는데 말이야. 죽고 싶어! 당신들 마음대로

하라구.
난 더 이상 존재하지 않으니까!
(의사가 목사에게 속삭인다. 그들은 왼쪽의 방으로 들어간다.
잠시 후 버사가 등장한다.)

[6장]

(기병대장과 버사)
(기병대장, 탁자에 웅크리고 앉아 있다. 버사가 그에게 다가간다.)

버사 : 아빠, 아파요?

기병대장 : (멍청하게 바라보며) 내가?

버사 : 무슨 짓을 했는지 아세요? 엄마에게 램프를 던지셨잖아요.

기병대장 : 내가 그랬나?

버사 : 그래요, 그러셨어요. 엄마가 다치기라도 하셨으면 어쩔 뻔하
셨어요?

기병대장 : 그게 무슨 문제가 되겠니?

버사 : 그런 말씀하시면 제 아빠가 아니세요.

기병대장 : 무슨 소리지? 내가 아빠가 아니라고?
그걸 어떻게 알았니? 누가 그러던?
그러면, 누가 네 아빠지? 누구냐니?

버사 : 어쨌든 앞에 계신 분은 아니에요.

기병대장 : 난 아니란 말이지. 그럼 누구냐니까?
잘 알고 있는 모양이구나. 누가 가르쳐 줬지?
자식이란 게 지 애비 앞에 와서 아빠가 아니라고 떠들어 대
는 데도 참아야 하나?
그런 소리를 하는 게 네 엄마에게 모욕이 된다는 것을 알기
나 하니?

만일 그게 사실이라면, 내 엄마는 죄를 지은 거라구.

버사 : 엄마를 모욕하는 소리하지 마세요, 아시겠어요?

기병대장 : 모욕해? 너희들 모두 날 모욕해 놓고. 언제나 그래 왔지.

버사 : 아빠!

기병대장 : 아빠라고 부르지도 마!

버사 : 아빠, 아빠!

기병대장 : (버사를 끌어당기며) 버사, 내 딸, 내 사랑하는 딸.

그래 넌 내 자식이야. 그래, 그렇구말구.

그건 열병처럼 번진 미친 생각이었을 뿐이야.

날 보렴. 너의 눈 속에 내 영혼을 보게 해다오. 네 엄마의 영
혼도 보이는구나. 넌 두 개의 영혼을 지니고 있어.

하나는 날 증오하는 영혼이지. 넌 날 사랑해야 해. 하나의 영
혼만을 지녀야 한단다. 그렇지 않으면 결코 평화를 얻지 못
해.

나도 마찬가지지. 한 가지 생각만을 가져야 돼.

내 딸이니까. 내 생각을 말이다. 그리고 의지도 하나여야 되
는 거야.

나의 의지를 가져야 한단다.

버사 : 난 싫어요. 난 내 자신이 되고 싶다구요!

기병대장 : 그래선 안 돼! 난 식인종이야. 널 먹어치우고 싶어.

네 엄만 날 먹어 버리려고 했지만 그러지 못했어.

난 자식을 먹어 버린 사투르누스야. 그렇지 않으면 자식들에
게 먹힐 거라는 예언 때문이었지. 먹느냐, 먹히느냐! 그것이
문제로다. 내가 널 먹어 버리지 않으면, 네가 날 먹어 버릴
거야. 벌써 이빨을 드러내 보이고 있으니까.

하지만 두려워 말거라. 널 다치게 하지는 않을 테니.

(총이 걸려 있는 벽쪽으로 가서 리볼버 권총을 꺼내 든다.)

버사 :   (달아나려고 하며) 도와 줘요. 엄마, 도와 줘요. 날 죽이려고
        해요!

유모 :   (들어서며) 무슨 짓이에요.

기병대장 : (리볼버를 바라보며) 유모가 탄창을 치웠어요?

유모 :   그래요. 내가 감췄어요. 제발 앉아서 진정해요. 그러면 돌려
        주겠어요.
        (유모가 기병대장의 팔을 잡고, 달래며 의자에 앉힌다.
        기병대장 멍청한 모습으로 앉아 있다. 그 때 유모가 구속복을
        들고, 의자 뒤로 돌아간다. 버사가 발꿈치를 들고 왼쪽으로
        빠져 나간다.)

유모 :   기억해요? 어린 시절 말이에요. 밤이면 대장님을 침대에 눕히
        고, 자장가를 불러 주었죠. 밤에 일어나 마실 것을 갖다 주던
        때 기억나세요? 나쁜 꿈을 꾸고 깨어나면 촛불을 켜고 옛날
        애기를 들려 주었죠. 기억해요?

기병대장 : 계속하세요, 유모. 두통이 가시는데요. 계속하세요.

유모 :   그래요. 한 번은 조각칼을 들고 배를 만든다기에 내가 칼을
        빼앗아 치우고 대신 이야기를 해 주었죠. 참 성가신 아이였어
        요. 모두가 자기를 못살게 군다고 고집을 피우면 우린 언제나
        그 고집장이에게 옛날 애기를 들려 주어야 했죠.
        칼을 빼앗을 때도 그랬어요. 내가 이렇게 말했죠.
        뱀을 내게 주렴. 그렇지 않으면 뱀이 널 물 거야. 그랬더니
        칼을 놓더라구요.
        (기병대장의 손에서 총을 빼앗는다.) 어찌나 옷입는 걸 싫어
        했던지, 옷 한 번 입히려면 금코트를 주고, 왕자님처럼 만들
        어 주겠다고 구스르곤 했죠.
        초록색 짙은 모직코트를 대장님 앞에 내놓고는 이렇게 말했
        죠.

"자 여기에 팔을 끼워요" 그리고는 "가만히 앉아 있어요. 뒷단추를 채우는 동안 오, 착하지" 라고 말했죠. (유모가 그에게 구속복을 입힌다.) 그리고 이렇게 말했죠.
"이제 일어서서 멋지게 걸어 봐요. 얼마나 멋질지 보여 줘요" (그를 소파로 데려간다.) 그리고는 "이제 잠자리에 들 시간이에요."라고 말했죠.

기병대장 : 이게 뭐죠, 유모? 옷을 입은 채 잠자리에 들라고요?
　　　　빌어먹을, 무슨 짓을 한 거예요? (빠져 나오려고 한다.)
　　　　이런 교활한! 이렇게 못된 여잘지 누가 알았겠어.
　　　　(소파에 눕는다.) 잡히고, 잘리우고. 이제 기만당하기까지 하다니.
　　　　죽을 자유조차 없구나!

유모 : 　용서해요. 날 용서해요. 하지만 자식을 죽이게 내버려 둘 순 없었어요!

기병대장 : 왜 못 죽이게 한 거요. 인생은 지옥이야.
　　　　죽음은 천국이지. 아이는 천국에 있어야 하는 거라구.

유모 : 　죽음 뒤에 무엇이 오는지 알아요?

기병대장 : 모두가 알죠. 그러나 삶에 대해서는 아무도 모르고 있지요.
　　　　오! 처음부터 알았어야 했는데!

유모 : 　제발 겸허하게 신에게 용서를 빌어요. 아직 늦지 않았어요.
　　　　십자가에 달린 강도도 사죄함은 받았잖아요. 주님께서 그에게 이렇게 말씀하셨어요.
　　　　"오늘 그대는 나와 함께 낙원에 거하리라"

기병대장 : 늙은 까마귀. 썩은 고기를 얻으려고 악을 써대는군.
　　　　(유모가 주머니에서 기도서를 꺼낸다. 기병대장이 소리친다.)
　　　　노이드! 노이드 거기 있나? (노이드, 들어온다.)

기병대장 : 이 여자를 끌고 나가! 기도서로 나를 목조르려 한단 말이야!

창문 밖으로 던져 버리던가 아니면 굴뚝 위로 던져 버려! 아무데로나!

노이드 : (유모를 바라보며) 대장님, 그렇게는 할 수 없습니다. 절대루요. 사내라면 몇 명이라도 상관없지만, 여자는……

기병대장 : 자넨 여자보다 강하지 않은가?

노이드 : 물론 강합니다. 하지만 여자에겐 손대지 못하게 하는 뭔가 특별한 게 있지요.

기병대장 : 특별한 게 있어? 여자들은 제멋대로 내게 손을 대는데도?

노이드 : 그래요. 어쨌든 전 못합니다.
대장님, 그건 목사님께 손찌검을 하라는 말씀과 같습니다.
마치 종교처럼 남자의 핏속에 흐르는 거죠. 저는 할 수 없습니다.

[7장]

전과 같음, 로라가 노이드에게 나가라고 손짓을 한다.

기병대장 : 옴팔레! 옴팔레! 헤라클레스가 그대를 위해 땀을 흘리는 동안, 당신은 쾌락을 좇고 있구나.

로라 : (소파쪽으로 다가서며) 여보, 날 봐요. 내가 당신의 적이라고 생각해요?

기병대장 : 그래, 당신들은 모두 나의 적이야. 내 어머니조차 내겐 적이었어.
어머닌 산고를 싫어해서 날 낳고 싶어하지 않으셨지. 그 여잔 태아에게서 자양분을 빼앗아 난 반 절름발이로 태어났던거지. 내 누나도 내 적이었어.
내가 자기보다 못하다고 가르쳤지. 첫 키스를 한 여인도 적이었어. 내가 바친 사랑의 대가로 십년간 실연의 고통을 주었으니까.

당신이 나와 당신 중에 하나를 선택하라고 강요했을 때 내 딸 마저도 내겐 적이었다구.

그리고 당신, 내 아내, 빼앗아 갈 때까지 날 놓아 주지 않았으니까.

로라 : 난 내가 이제껏 계획하고, 의도했던 것, 내가 당신에게 무슨 짓을 했는지 몰라요.

당신을 없애 버리고 싶다는 막연한 욕망을 느꼈는지도 모르죠. 당신은 내 길 앞에 놓인 장애물이었으니까. 계획이 있었다면 있었겠지요. 난 깨닫지 못했지만 말이에요.

난 결코 음모 따윌 꾸민 건 아니었어요. 그저 당신이 놓은 레일 위로 미끄러지듯 다가왔던 것뿐이라구요.

하느님과 양심 앞에서, 난 결백하다고 느껴요. 실제론 아닐지도 모르지만요.

당신의 존재는 정말 심장에 박힌 돌멩이 같은 것이었죠. 점점 더 내 심장을 눌러와 마침내 더 이상 견딜 수 없게 되었었죠. 이건 사실이에요.

고의는 아니지만 내가 당신을 고통스럽게 하였다면 용서하세요.

기병대장 : 그럴듯 하게 들리는군. 하지만 그게 내게 도움이 될까?

누구 책임이지? 결혼 자체가 잘못일지도 모르지 옛날엔 아내와 결혼을 했지만, 요즈음은 남자와 마찬가지로 밖에서 일하는 여성과 한 패를 이루는 꼴이라구.

친구와 함께 사는 거랄까. 그리곤 파트너를 유혹하거나, 아니면 모독하게 되는 거지. 사랑은 어떻게 된 거지……

건강하고 육감적인 사랑은? 죽어 버렸지. 굶어 죽었다구.

이 뚜쟁이 사랑, 부도난 수표 같은 사랑의 결과는 뭔가?

다 깨어져 버릴 때 그것을 명예롭게 할 자는 누구냐고.
영혼의 자식을 낳게 한 육체의 아버지는 누구란 말이야?

로라 : 아이에 대한 당신의 의심은 전혀 터무니 없는 것이에요.

기병대장 : 그게 끔찍한 거지. 만일 내가 그러한 의심이 사실이라면 적어
도 붙들고 늘어질 건 있는 거야. 이젠, 그림자뿐인 걸.
덤불에 숨어 고개만 빼들고 웃어대고 있어. 마치 허공과 싸우
는 짓 같아. 빈 탄창을 낀 모의전쟁을 하고 있는 듯한 기분이
라고. 진짜 배신이었다면, 하나의 도전처럼 내 영혼을 이끌어
내었겠지. 하지만 이제 내 생각들은 땅거미 속에 흩어지고,
나의 뇌는 공허 속에 깨어지고 말았으니까.
베개를 베게 해 줘. 그리고 뭘 좀 덮어달라구. 난 추워. 너무
춥단 말이야!

(로라가 숄을 들어 그 위에 덮어 준다. 유모가 베개를 가지러
나간다.)

로라 : 손을 쥐요, 친구.

기병대장 : 내 손! 내 등 뒤로 무엇을 묶었지.
배신자! 배신자! 하지만 당신의 부드러운 숄이 느껴지는군.
당신의 품처럼 따뜻하고 부드러워. 바닐라 향기가 나는군.
마치 젊은 시절 당신의 머리결 같애. 로라……
당신 젊었을 때 말이야. 우린 함께 자작나무 숲을 걸었었지.
앵초꽃 사이로 작은 새들이 지저귀고, 정말 아름다웠어! 인생
은 정말 아름다웠지! 이제 이 모양이 됐군.
당신도, 나도 이런 걸 원한 건 아니었는데…… 하지만 이렇게
됐어.
우리의 인생을 지배하는 게 누굴까?

로라 : 신만이 지배하죠.

기병대장 : 그렇다면 전쟁의 신이겠구만. 아니지. 요즈음은 전쟁의 여신

일 거야. 내 위에 고양이를 치워! 치우라고!

(유모가 베개를 들고 들어와 숄을 치운다.)

내 군복을 가져다 줘. 내 위에 덮어달라구.

(유모가 옷걸이에서 군복을 꺼내와 덮어 준다.)

그래, 나의 용감한 사자가죽이지. 당신들이 내게서 빼앗아가려는구만. 배신자. 배신자. 가증스런 여인.

남자를 비참하게 만듦으로써 평화를 느끼는 자들, 정신 차리라구. 남자들이여 그렇지 않으면 모든 것을 빼앗기고 말 거야. 가증스럽고, 사악한 자들. 우리의 무기를 빼앗고, 단지 번쩍이는 쇠조각에 불과하다고 믿게 만들지. 그래 결국은 쇠조각인 거야. 옛날엔 대장장이가 쇠를 버무려 무기를 만들었지만, 이젠 바느질쟁이가 만드는 모양이야.

배신자! 이제 힘은 교활함과 나약함에 굴복하고 말았어. ·

저주받을 것들. 가증스런 여인들. (일어나 침을 뱉으려 하지만 소파에 쓰러지고 만다.) 유모, 무슨 베개를 준 거지? 너무 딱딱해. 그리고 추워. 너무 추워.

와서 내 곁에 앉아요, 의자 위에. 그래요.

무릎을 베도 되겠어요? 그렇지. 따뜻하네요.

몸을 구부려 봐요. 유모의 가슴을 느끼고 싶어요.

오! 여자의 가슴에 기대고 잠드는 건 정말 달콤해. 어머니건 정부의 가슴이건 말이야. 하지만 어머니 가슴보다 따뜻한 것은 없을 거야.

로라 : 아이를 보고 싶으세요? 여보, 말해요!

기병대장 : 아이? 남자에겐 자식이 없어. 여자만이 자식을 갖지.

미래는 그들만의 것이라구. 우린 아이 없이 죽어가는 거구.

자비로운 주여 당신의 자식을……!

유모 : 그가 기도를 하고 있어요.

기병대장 : 아니요. 당신에게 한 소리요. 날 재워 줘요.
　　　　　너무 피곤해, 너무. 잘자요, 유모.
　　　　　축복이 있기를……
　　　　　(그가 몸을 일으키나 결국, 유모의 무릎에서 비명과 함께 쓰
　　　　　러진다.)

[8장]

로라가 왼쪽으로 가서 의사를 부른다. 의사가 목사와 함께 들어온다.

로라 : 　도와 주세요, 박사님. 너무 늦었나요?
　　　　보세요. 숨을 쉬지 않아요.
의사 : 　(기병대장의 맥박을 짚으며) 심장마비입니다.
목사 : 　죽은 거요?
의사 : 　아니오. 여전히 깨어 있고, 살아 있는지도 모르죠.
　　　　하지만 무엇에 깨어나게 될지는 아무도 모릅니다.
목사 : 　"한 번 죽으나, 그 후에 심판이……"
의사 : 　그를 심판하거나 비난해서는 안 됩니다.
　　　　인간의 운명을 주재하는 신의 존재를 믿는다면, 그를 위해 기
　　　　도해야 하겠지요.
유모 : 　오, 목사님. 그는 마지막 순간에 하느님께 기도했어요.
목사 : 　(로라에게) 사실이니?
로라 : 　사실이에요.
의사 : 　그렇다면 난 더 이상 쓸모가 없겠군요.
　　　　이제 당신 차례입니다, 목사님.
로라 : 　임종의 자리에서 할 수 있는 말이 고작 그것뿐인가요, 박사
　　　　님?

의사 : 그게 전부요. 내 지식의 끝은 여기니까, 그 이상 아시는 분이
          있으면 말하도록 하시지요.

버사 : (왼쪽에서 들어서 엄마에게 달려간다.) 엄마, 엄마!

로라 : 내 딸. 내 자식!

목사 : 아멘!

셜리 발렌타인
Shirley Valentine

윌리 러셀(Willy Russel)
(1947~   )

1947년 영국 리버풀 출생. 성 캐더린 교육대학을 졸업한 그는 미용사, 창고 노동자, 교사, 포크송 작곡자이자 가수 등, 다양한 직업적 편력을 겪었다. 연극 연출가이자 배우이기도 한 그는 극작가로서도 런던 비평가상(1974), 골든 글로브상(1984), 이보르 노벨라상(1985) 등을 수상하기도 하였다. 대표작으로는 우리 나라에서도 잘 알려진 『리타 길들이기』 『블러드 브라더스』 등 다수가 있으며 영화 및 TV 드라마의 대본을 집필하기도 하였다.

윌리 러셀은 자신의 작품 속에서 인간의 끊임없는 자기개발 과정을 보여준다. 매 편의 희곡은 "새로운 시작으로의 회귀이며, 또 다른 고통의 노정"이라고 말하는 그는 '셜리 발렌타인'을 통해 삶의 무의미성에 도전하는 한 인간의 내적 다이내미즘을 강렬하게 묘사한다. 셜리 발렌타인은 일상적 삶의 권태에서 벗어나고자 하는 한 중년여성의 전형에 그치지 않는다. 그것은 한 인간으로서의 새로운 각성과 자아실현의 테마를 담고 있다. 그러한 각성과 자아에 대한 새로운 발견은 한 개인의 문제를 넘어선 사회성을 시사하기도 한다. 윌리 러셀은 현재 퀸텟 영화사 사장이며, 리버풀 극장 명예회장이기도 하다.

셜리 발렌타인

【1막】

[1장]

연립주택의 부엌.

잘 정돈된 부엌으로 여러 해에 걸쳐 이것저것 덧붙이고, 변형시킨 모습이다. 소나무나 매다는 바구니들로 치장한, 화려하지는 않지만 단순히 널빤지나 플라스틱판의 황량함은 극복한 개성을 지니고 있다. 무척 안락하고, 편안한 장소.

부엌에 으레 있어야 할 조리기구와 냉장고 외에 집 밖으로 향하는 문,

창문이 달린 벽이 있으며, 식탁과 의자들이 놓여 있다.

막이 오르면 셜리는 저녁준비를 시작한다.

백 포도주병을 따, 잔에 가득 붓는다.

2인분 식사를 준비하는 그녀는 마침내 세상의 조리법 중 가장 위대하지만, 환영받지는 못하는 음식 ─ 감자튀김, 계란 프라이를 만들어 낸다.─

셜리 : 내가 와인 좋아하는 거 알지? 그렇지, 벽아? 저녁식사를 준비할 때면, 늘 와인을 한 잔 마시지. 자, 감자튀김과 계란 프라이입니다! (와인을 한 모금 마신다.) 전에는 와인을 마시지는 않았어. 밀란드라 때문에 시작한 거지. 그 애가 내게 이렇게 말하더군. "엄마, 엄마, 요즈음에는 콜

라 탄 럼주를 마시는 사람은 없어요. 모두 와인을 마신다고요!" 애들이란 — 요즘 애들은 모르는 게 없어, 그렇지 않니? 그 때 밀란드라는 한참 정신적으로 성장하고 있었던 거라구. 너도 그 애 알지? 그 애의 짝인 샤론 루이스도 말이야.

그게 모두 와인과 브루스 스프링스틴 때문이었어.

너도 알지만 그 때, 그 애들은 시내에 있는 클럽은 나 몰라라 하구, 그 작은 술집에 처박혀 있었지. 브루스 스프링스틴이 가는 곳 말이야. 그 애들은 거기서 그를 보았지. 그 남자 이름이 뭐드라. 그래, 헨리 아드리안 이었어. 샤론 루이스는 틀림없이 그의 사인을 받았을 거야. 아마 아침 식사도 같이 했을 거구.

이젠 그 애들도 다 컸어. 뿌듯한 일이야. 전에는 몇 시간씩 식탁에 앉아서 하는 얘기들이란 온통, "정말 멋있었어, 정말 재미있지 않았니?" 그리곤 30분씩이나 넋을 놓구 있다가는, 느닷없이, "지난 밤은 정말 화끈했어, 더할 나위 없이 말이야, 끝내 줬다구." "그래 그랬어, 완전히 캡이야, 안 그랬니?"

그 애들이 아무리 지꺼려려대도 난, 끝내 준다거나, 캡이라는 게 뭔지 모를 거야.

아마 아침 식사 얘기였겠지. 애들이 보고 싶어. 밀란드라는 샤론 루이스와 한 아파트에 살고 있고, 우리 아들 브라이언은 커크비에 있는 집단 합숙소에 있어. 내가 "브라이언, 합숙소에서 살려거든 좀 나은 곳을 찾아 보는 게 어떻겠니? 차일드 월 같은 곳 말이야."라고 말하니까 아들 녀석은 "엄마 차일드 월은 시인이 있을 곳이 못돼요."라고 말하더군. 그게 우리 브라이언의 요즘 계획인가 봐.

그 애는 언제나 계획이 있어. 이번의 계획이라는 게 영국 최고의 뜨내기 시인이 되는 건지 원! 그 애는 도대체 누굴 닮았지? 그 시라고 쓴 게 "나는 그 빌어먹을 수선화를 증오한다! / 나는 그 푸른 추억의 언덕도 증오

한다." 뭘 하는 건지 정신이 없어, 그렇지만 활 쏘는 걸 그만 둔 건 잘된 일이지. 아참, 시간 좀 봐. 내가 지금 여기 앉아서 무슨 수다람— 그이가 차를 마시러 들어올텐데. 친구, 도대체 그이는 어떻게 생겨 먹었는지. 누굴 닮아 그 모양인지. 모든 게 있던 그대로 있어야 하니.

저 문을 통해 들어올 때면 항상 식탁 위에 찻잔이 있어야 한다구. 매트 위에 발을 딛고 서 있는 것처럼 말야. 찻잔이 탁자 위에 놓여 있지 않으면, 한바탕 난리를 피우구. 이젠 다투는 것도 지겨워.

전에는 한 번 내가 그랬지. "내말 들어 봐요, 죠. 매일밤 같은 시간에 찻잔이 탁자 위에 놓여 있지 않다구 해서 파운드화가 무너져 버리는 것도 아니고 세상이 멸망하는 것도 아니에요. 이 지구 위에 사는 수십 억의 사람들 중 하나가 평소와 다른 시간에 차를 마셔야 되는 것뿐이라구요." 아무 소용 없었지.

애들이 크면, 언제든 그를 떠날 거라구 말했지.

하지만 애들이 커 버리니까, 갈 곳이 없었어. 마흔두 살에 다시 시작할 수는 없었으니까. 사람들은 40대가 되면 삶은 지쳐 버리구 좋은 것은 단지 과거의 것들뿐이라구 말하더군. 하지만 난 스물다섯에 벌써 그런 느낌을 가졌다구. 그 이가 나쁜 사람이라는 얘기는 아니야. 그저 신통치 않다는 거지. 남자들은 다 그렇잖아?

처음에야 참 귀엽지. 사랑해달라구 애걸할 때는 그렇게 멋질 수가 없지 뭐. 사랑하는 여자를 위해서라면 뭐든 다 하니까. 그렇지만, 일단 그녀를 갖게 되면, 싹 달라진다니까. 초콜릿 선전 봤지? 그 사내 정말 멋있지 않니? 그 높은 벼랑에서 물 속에 뛰어들어 헤엄을 쳐서는 애인 앞에 초콜릿 한 상자를 떨어뜨리는 사내를. 그 여자는 사랑하지만 쉽게 허락하지 않았지.

만일 여자가 헤퍼서 사내가 자기 멋대로 할 수 있었다면 그 높은 벼랑에서 뛰어내려 그 거센 물 속을 헤엄칠 리 있겠니? 아마 버스 타고 갔을 거야. 초콜릿은 무슨 초콜릿. 그녀가 초콜릿 얘기라도 할라치면 "더는 초콜릿 갖다줄 수 없어. 점점 살이 쪄 가구 있잖아." 아마 그럴 거야. 난 남자들을 미워하지는 않아. 여권운동가는 아니거든. 제인처럼 말이야. 제인은 내 친구야. 여권운동가지. 그렇게 생각하고 싶어해. 『코스모폴리탄』이란 책을 읽었대. 그리곤 하는 말이 남자들은 모두 강간범이 될 가능성이 있다는 거야. 교황님까지도 말이지. 제인은 정말 남자들을 증오해. 제인은 남편과 이혼을 했어. 난 제인의 남편을 몰랐어. 내가 제인을 만나기 전이었으니까. 어느날 아침 직장에서 돌아와 보니 남편이 우유배달부와 침대에 함께 있더래. 우유배달 하는 사내애와 같이 있더라는 거야.

그 날부터 제인은 여권운동가가 됐지. 그리구 절대로 차에 우유를 넣지 않더라구. 오래 사귄 건 아니지만 참 멋있는 여자야. 제인은 2주일간 그리스에 갈 예정인가 봐. 다음달쯤에. 난 2주일 동안 뭘 하지? 날 제정신으로 있도록 해 주는 유일한 사람인데. 벽아, 널 빼놓구는 유일한 말 벗인데.

오늘 아침에 내가 그랬지 "제인, 널 무척 그리워할 거야." 그랬더니 뭐라는 줄 알아? "너하구 같이 가고 싶어." 그러는 거야. (웃는다.) 미쳤어! 벽아, 그이 얼굴 좀 상상해 봐. 2주 동안 혼자 지내는 그 사람 꼴을 말이야. 아마 내가 5분간만 화장실를 가도, 그이는 내가 유괴라도 당했다구 생각할 걸. (포도주를 한 모금 마신다.) 음, 괜찮은데. 그렇게 드라이하시도 않고 어떤 것은 입맛을 버려 놓기도 하는데 말야. (한 모금 더 마시고 향기를 맡는다.) 아주 좋아, 와인은 태양의 키스와도 같다니까. 그 이는 와인을 마시지 않는구. 화장실에 가게 만든대나. 사실 그래, 그렇지만 좋은 걸. 포도가 무르익는 시골에서 와인이나 마시면서 살면 좋으련만…… 바닷가에서, 태양을 바라보면서, 하지만 그 인간은 도통 해외에 나갈 생각이 없다니까, 비행기 멀미까지 한다니…… 그러면 배타고 가두 되는데 말이야. 하긴 수돗물도 마시려 하지 않는 사람이니. 그는 그런 타입이야. 가까운 곳에만 가도 문화충격이 어떠니저떠니. 제인이 그러더군. 그건 그 사람 마음이라구. 해외에 나갈 생각이 없다면 그것은 그 사람 마음이라고 말이야. 그렇지만 나까지 그럴 건 없다는 거야. 내가 가고 싶다면 말이지. 제인 말이 맞아. 그게 사리에 맞는 거지. 그렇지만 이렇게 말하고 싶더군. "제인, 이건 사리에 맞고 안 맞고가 아니야, 결혼 생활이라는게 말이지."

결혼생활은 꼭 중동사태 같다니까. 해결책이 없어요.

이리저리 흔들다가 때론 포기하구, 때론 조금 얻어 내기두 하고. 문제가 생기면 적당히 넘어 가기두 하고 말이야. 하지만 대부분은 고개를 숙인 채, 통금시간이나 맞춰야 하고, 휴전상태가 유지되기나 바라는 거지.

제인이 내 손에 시한폭탄을 쥐어줬다구. 내 여행경비를 댔다니까. 오늘 아침에 비행기표를 놓고 갔어.

(그녀의 백쪽으로 가서 비행기 표를 꺼내 들고 읽는다.) "브래드 쇼 부인, 581호기편. 6월 23일, 맨체스터 출발. 그리스의 코린트 도착."

제인은 혼자 가구 싶지 않다는 거야. 집을 팔아서 돈이 생겼거든. 못가겠다구 말하지 못하겠더라구. 내일은 비행기표를 꼭 돌려 줘야지. 같이 갈 사람도 많을 텐데, 어떻게 산 비행기표인데, 내가 받을 수가 있겠어. 아무튼 안 된다구…… 못 간다구 말은 해야지.

하지만 여권운동가라서 말이야. 그 사람들은 안 되는 일만 보면 하려구 덤벼드는 사람들이라서. 벽아, 참 환상적일 거야.

탁자 위에 차를 내려놓구 이렇게 말하는 거야. "참, 여보, 한 이주 동안 그리스나 다녀오겠어요. 미리 얘기를 해야 당신도 준비를 할 거라구 생각했어요. 한두 주쯤 세탁하구 요리준비하구, 하실 수 있죠? 별거 아니에요. 부엌 왼편에 흰색이 세탁기 꽂는 데구요, 오른편에 갈색이 요리 기구 꽂는 데에요. 헷갈리지 마세요. 잘못하면 토스트기 소켓에 감전사할 테니." 가능성이 있을까? 가능성이?

(비행기표를 다시 백에 넣는다.) 그 이에게 말하면, 이주 동안이나 그리스에 가겠노라구 말하면 아마 바람이라두 피우려는 줄 알 거야.

여자 둘이서 그리스를 간다? 그렇지만 난 섹스는 별로야. 그저 꿍덕꿍덕 난리를 치다가 결국 아무것도 없이 끝나는 거 아니야? 물론 요즘에 태어난 세대라면 다르겠지만, 밀란드라 또래 아이들 말야. 그애들은 달라. 그애들은 쾌락을 아는 것 같아, 쾌락의 세대라구나 할까? 부러울 건 없어. 내가 그애들 또래 때는 섹스라는 것은 들어 본 적도 없었는데. 그 때는 모든 이들이 그저 신비로운 것, 하늘에 별이 빛나고 하늘과 땅이 흥분해 떠는 것으로 생각했거든.

물론 해 보니까 떠는 거라구는 침대 위 베개밖에는 없었지만 말야. 하지만 그 때도 성의 환희는 있었지. 페니실린이 있었구. 미국이 있었던 것처럼 말이야. 하지만 그걸 찾아 내지는 못했어. 크리스토퍼 콜롬부스와 결혼을 했더라면 찾아 냈을 텐데. 내가 클리토리스에 대해 읽어 알게 된게 스물여덟 살이었지 아마. 정말 재미있었어. 모두 프로이트의 잘못이지만 말이야.

지그문트 프로이트 알지? 그 사람 말이, 여자가, 음, 그러니까 오르가즘을 느끼는 방법은 두 가지가 있다는 거야. 하나는 남자를 속에 받아들이는 거라는 거지. 그리구 또 하나, 좀 신통치 않은 방법이지만, 클리토리스, 바로 그거라는 거야. 모든 이들이 그 말을 믿어야 했지. 지그문트 프로이트!

버스정류장에 너하구 프로이트하구 같이 서있다구 치자. 네가 그에게 묻는 거야. "이 버스가 파자컬리에 갑니까?" 그가 고개를 끄덕이며 말하지. "네, 이것은 파자컬리에 가는 버스 중의 하나예요." 그리고 버스에 타겠지? 그러면 넌 정말 운이 좋은 거라구. 파자컬리에 가는 버스는 하나밖에 없으니까. 그 버스가 곧 클리토리스지 뭐. 다른 버스는 파자컬리 근처에도 안 간다니까. 모든 이들이 프로이트의 말을 믿었구, 결국 오랫동안 잘못 알구 있었던 거지. 사람들에게 두 가지 종류의 오르가즘이 있다고 말하는 것은 에베레스트산이 두 개가 있는 거나 마찬가지야. 어떤 이들은 진짜 산꼭대기에 올라가구 또 어떤이들은 기껏 작은 동산에 뛰어 올라가서 왠 경치가 이 모양이냐구 의아해하는 거야.

처음 그것을 읽었을 때, 정말 매료됐었다구. 그런데 읽기만 해서 발음은 잘 몰랐었어. 내가 처음 조에게 "클리토리스라는 말 들어 봤어요?" 했더니 신문에서 눈도 떼지 않구 이렇게 얘기 하는 거야. "응, 포드에서 나온 코티나 차만은 못하더군." 이러는 거야.

오늘이 목요일이지? 목요일 밤에는 얇게 썬 고기 요리를 만들어야 하는데. 오늘도 감자튀김과 계란 프라이니—열한 번째 십계명쯤은 되는 건데— 모세가 그랬나 보지. "목요일 밤마다 벗에게 고기요리를 줘라. 그렇지 않으면 밤새 입맛을 다실 거다." 그나저나 그 양반 달걀요리를 보고 어떻게 나올까? 알게 뭐람. 내 잘못만은 아니니까. 고기를 사기는 했었는데 개한테 주어 버렸어. 내가 일하는 집 개인데, 사냥개야. 그 집 부부는 지독한 채식주의자래서 개까지도 채식으로만 키웠대. 그게 말이나 되나? 하느님이 그 개를 채식주의 개로 창조하고 싶으셨다면 사냥개를 만들지는 않으셨을 거라구. 사냥개가 아니라 채소개를 만드셨을 거 아냐? 사냥개는 고기를 먹어야 한다구. 그건 본능인데. 오늘 그 개를 보는 순간 백속에 있던 고기 생각이 나는거야. 그이에게 뭘 당하든 간에 그만한 가치가 있겠더라구. 생전 처음 고기 맛을 보는 그 개 얼굴을 보고 싶더라구. 그 이는 난리가 날 거야. "뭐라구, 어쨌다구, 개한테 줬어, 당신 제정신이야? 결국 돌아버린 거냐구?" (크게 손짓을 섞어가며 말한다.) "그래요. 조. 미쳤나 봐요. 아주 돌아 버렸다구요. 좋아서 제정신이 아니라구요. 오늘 제인이 멋진 제안을 했다구요. 우린 함께 그리스에 갈 거예요. 3주 이내에 떠날 거예요. 14일간의 휴가여행이죠. 자, 난 짐 꾸릴 준비나 해야 하니 당신은 과자와 달걀이나 드세요."

(자세를 누그러뜨리며) 브라이언 녀석이 집에 들렀길래 비행기 표를 보

여줬지. 뭐라구 하는 줄 알아. "어머니 가세요. 아버지는 잊어버리세요. 전부 다요. 그저 비행기 타시구 가세요."

(웃는다) 늘 그런 식이지. 하고 싶으면 하라, 결과는 무시해 버리고. 괴상한 아이야. 항상 그래. 어렸을 때와 하나도 달라진 게 없다니까. 학교 다닐 때, 그 크리스마스 연극 기억 나니? 맙소사. 여덟 살인가 아홉 살 밖에 안 됐을 때, 학교에서 애를 포기해 버렸다구. 선생님들도 손을 드셨어. 나도 동의를 했지 뭐.

그런데 교장선생님은 우리 브라이언이 무척 마음에 드셨나 봐. 가르치시고 싶으셨나 보더라구. "이 아이에게는 악의라구는 없습니다. 다만 결과에 대한 개념이 없는 것 같아 보이는군요. 내 생각에는 브라이언에게 좀더 책임감을 부여해 주는 것이 좋을 것 같더군요. 그래서 올해 크리스마스 연극에 중요배역을 맡겼습니다."

그래서 브라이언은 요셉의 역을 맡게 되었지. 자기가 연기를 무척 잘 하는 줄 알았던 모양이야. 기를 꺾지 않으려니 아무말도 할 수가 없었지. 무척 열심히 연습을 했어. 연기도 아주 좋았구. 교장선생님도, 나도, 선생님들까지도 모두 대견해했어. 매일밤 자기방에서 연습을 하더라구. (쪽지를 들고) "우리는 베들레헴으로 가는 지친 여행자들입니다. 그리고 제 아내는 아이를 가졌답니다. 오늘밤 이 여인숙에서 하루 묵어갈 수 있도록 해 주세요."

연극이 공연되던 날, 나는 학교에 갔었지. 막이 오르고, 꼬마 천사들이 등장하며 엄마들에게 손을 흔들었지. 그리고 우리 브라이언이 무대에 등장했어. 뒤에 가짜 나귀를 끌고 말이지. 나귀에는 동정녀 마리아역을 맡은 계집아이가 예쁜 옷을 입고 앉아 있었지. 지 엄마가 좀 치장을 시켰겠어? 그 아이도 엄마한테 손을 흔들더라구. 그러자 브라이언이 나귀를 끌어당겼지. 워낙 심각해서 엄마에게 손을 흔들어서는 안 된다고 생각한 거야. 마치 오스카상이라두 타려는 듯 연기를 하더라구. 나귀에게 건초를 먹이고 머리를 두드려 주더군. 교장선생님이 돌아보면서 내게 미소를 지었어. 나만큼이나 브라이언이 자랑스러우셨나 봐. 브라이언은 여인숙의 문에 도착해서는 문을 두드렸지.

여인숙 주인이 등장하자 브라이언의 대사가 시작됐어. "우리는 베들레헴으로 가는 지친 여행자들입니다. 그리고 제 아내는 아이를 가졌답니다. 오늘밤 이 여인숙에서 하루 묵어갈 수 있게 해 주세요." 그러자 여인숙 주인역을 맡은 꼬마아이가 "오늘은 만원이라서 빈방이 없어 묵으실수가 없습니다." 하는 거야.

그러면 브라이언이 "가축의 축사라도 찾아 그 곳에 머물러야 하겠군요." 라고 말하게 되어 있었지. 그리고 나귀를 끌고 가야 하는 것이거든. 그런데 그렇게 안 하드라구. 마리아 역을 맡은 여자아이가 계속 엄마에게 손을 흔들어대 화가 났는지 아니면 갑자기 요셉역이 시시한 것처럼 느껴졌는지는 모르겠지만, 갑자기 여인숙 주인에게 돌아서더니 "만원이라구, 만원? 하지만 우린 예약을 했잖아." 하면서 소리를 지르는 거야.

그러자 가엾은 여인숙 주인이 어쩔줄 몰라 주위를 두리번거리며 누군가 도와 주기만을 기다리더군. 아랫입술까지 바르르 떨더라구. 그런데 브라이언 이 녀석은 "만원이라구? 밖에는 내 아내가 나귀에 탄 채 기다리구 있다구. 이제 곧 아이를 낳으려 해. 여기저기 눈이 한 길이나 쌓였는데 지금 내게 만원이라구 말하는 거야?" 맨 앞줄에 앉았던 귀빈들도 다소 불안스러워하며 교장선생님을 바라보았지. 브라이언 녀석은 계속 지아비 하는 짓을 그대로 흉내내고 있더라구. 여인숙 주인은 말을 더듬고 나귀에 탄 동정녀 마리아는 울음을 터뜨리고, 그러다가 여인숙 주인은 어차피 대본은 집어치우고 뭔가 브라이언의 말에 대꾸를 해야겠다고 생각했는지 앞으로 나서며 하는 말이 "자 친구 내 말을 들어요. 난 그저 농담을 했을 뿐이에요. 사실은 방이 있어요. 자, 원한다면 들어오세요." 하는 거야. 그리고는 셋이서 여인숙 안으로 들어가 버렸지 뭐야. 그 크리스마스 연극이 끝남과 동시에 결국 브라이언의 배우생활도 끝이었지. 지금도 나와 브라이언은 종종 그 때 생각을 하며 웃곤 해. 하지만 그 때는 부끄

러워 죽어 버리고 싶더라구. 신문기사들은 온통 "마리아와 요셉 베들레
헴에 도착하지 못하다!"라구 써대고, 정말 챙피해서 혼났어.

내가 여행 한 번 못해 보는 것도 놀랄 일은 아니야. 마리아와 요셉을 베
들레헴에 도착하지 못하도록 자식을 키운 죄를 받는 거지 뭐야. 어렸을
때 나는 여행하는 것이 유일한 꿈이었어. 언제나 스튜어디스가 되고 싶
었었지. 그렇지만 그건 똑똑한 애들이나 되는 거였어. 학창시절 받은 마
지막 성적표 아래에 그 여자 교장선생님은 이렇게 적어 놓았더군.
"발렌타인 양— 아 그건 내 처녀적 이름이야— 발렌타인 양은 평생 멀
리는 못갈 것임. 그녀의 지리 성적을 보건대 분명 길을 잃어버리고 말
것임." 정말 지독한 교장선생님이었지. 느닷없이 아이들 속에 들어 오셔
서는 즉석 질문을 하시는 거야. 그래서 그 질문에 대답을 하는 아이는
높은 생활점수를 받게 되는 거지. 언제나 마조리 메이저즈라는 아이가
답을 맞추곤 했는데 아마 생활점수가 사십억 점에서 조금 모자랐을걸.
어느 날 우리가 모여 있는데 여교장 선생님이 나타나셔서 질문을 하는
거야. "질문! 인간의 가장 중요한 발명은 무엇일까?" 일제히 손들이 올라
갔지. "저요, 저요, 저요!" 나도 손을 들었어. 답을 알고 있었으니까. 그
런데 교장선생님은 나를 한번 힐끗 보더니 "셜리, 너는 손 내려, 답도 모
르잖니." 라고 말하잖겠니. 교장선생님은 교실을 돌면서 아이들이 말하
는 답을 들었지. "스푸트닉호입니다." "브라운관이요." "자동세탁기요."
……심지어 제일 똑똑 하다던 마조리 메이저즈도 틀리더라구. 나는 끝끝
내 손을 들고 있었어. 답을 알고 있었다니까. 아버지께서 가르쳐 주셨거
든. 아버지는 그것을 브리태니커 백과사전에서 배우셨지. 우리 아버지
알아? 돌아가실 때까지 브리태니커 백과사전을 들고 계셨던 분이셨어.
그 백과사전에서 무척 즐거움을 얻으셨던 분이셨지. 몇 시간씩 앉아서
읽곤 하셨고 우리에게 진귀한 사실들을 알려 주려고 하셨지. 나는 아버
지가 인간의 가장 귀중한 발명품에 대해 말씀하신 것을 기억하고 있었

어. 너무 평범한 것이었기 때문이었지. 교실을 한 바퀴 다 돌도록 맞는 답을 대는 학생이 없었기 때문에 나는 끝까지 손을 치켜 들고 있었지. 마침내 나 혼자 남게 되자 교장선생님은 "좋아, 셜리. 틀릴 게 뻔하지만, 질문은 기억하고 있니? 인간의 가장 귀중한 발명품이 뭐지?" 라고 물으셨어. 나는 잠시 뜸을 들였지. 마침내 적어도 4만 3천 점의 생활점수와 교황님의 축복을 얻게 되는 순간을 음미하고 싶었거든. 마침내 내가 "바퀴입니다." 라고 대답하자 교장선생님은 마치 등에 총이라도 맞은 것처럼 보이시더라구. 나는 목소리가 너무 작아 못들으셨나 해서 다시 큰소리로 말했지. "바퀴입니다. 인간의 가장 중요한 발명품은……"

그런데 말을 채 맺기도 전에 교장선생님이 이렇게 소리를 지르시는 거야. "누가 얘기 해 준 게 틀림없구나!" 나는 몸이 오그라드는 충격을 받고 망연히 서 있었어. 그리고는 어떻게, 내가 어떻게 답을 알게 되었는가를 설명하려 했지. 그렇지만 그 여자는 들으려고도 않았어. 날 무시해 버리고는 당황하고 있는 음악선생님께 찬송가를 연주하라고 말하는 거야. 아이들 모두 찬송가를 부르는 동안 나의 생활점수와 교황님의 축복이 내 눈앞에서 사라져 버렸지.

그 후론 정말 학교생활이 싫었어. 나는 반항아가 되어 버렸지. 교복의 스커트도 일부러 짧게 입고 다녀서 아마 네가 보았다면 내프킨 조각만 걸치고 다니는 것처럼 보였을 거야.

멋지긴 했지. 그리고 하루종일 껌을 질겅질겅 씹어대곤 했어. (껌을 씹는다.) 정말 지겨웠어. 모든 것을 증오했지. "그 사람 정말 싫어." "그 여자 너무 밥맛이야." "이것도 싫고 저것도 싫어." "쓰레기야." "끝장이야." "재수 없어." "싫어!" 그렇지만 난 아무것도 미워하지 않았어. 내가 미워한 것은 나 자신뿐이었지. 난 반항아가 되고 싶지 않았어. 모범생이고 싶었지. 마조리 메이저스처럼 되고 싶었어. 늘 그 애를 괴롭혔지만 그녀를 닮고 싶었다구.

어린 시절에 악한 사람이 어디 있겠니? 몇 주 전에 그 애를 봤어. 마조리 메이저스 말이야. 몇 년 동안 소식도 못들었거든. 시내에 나가서 잔뜩 장을 보구 오던 길인데, 비가 오는 거야. 하필 왜 그 때 그런 일이 있었는지. 꼭 잔뜩 장을 보구 오는 길에는 비가 온단 말이야.

버스도 오지 않구, 꼭 물에 빠진 생쥐 꼴이었지. 머리도 엉망이고 마스카라가 줄줄 흘러내리구 말이지. 그래서 택시를 타는 게 낫겠다고 생각했어. 그런데 택시 승차장에를 가니까 택시가 막 떠나 버리고, 그나마 버스까지도 가 버리는 거야. 죽어 버리고 싶더군. 그 때 커다란 흰 차가 호텔로 들어가던 중이었는데 물구덩이 옆에 서 있던 내게 흙탕물을 튕기는 거야. 쇼핑백이 절반이나 젖어 버렸지 뭐야. 비명이라도 지르고 싶더라구. 그래서 그랬어. 호텔 앞에서 소리소리를 질러댔어. 경찰이 있었으면 잡혀 갔을 거야. 난 전혀 상관치 않았어. 그런데 웬 여자가 흰 차에서 내려서는 내게로 걸어 오는 거야. 정말 우아하더군. 비가 억수같이 내리는데 그 여자한테는 비 한방울 떨어지지 않는 것 같았어. 그 여자가 입을 여는 순간 누군지 알겠더군. "실례합니다만 셜리 발렌타인 아니세요?" 나는 서서 그녀를 빤히 쳐다보았지. 물방울을 뚝뚝 흘리면서 말이야.

"그래, 셜리 맞구나."

그러더니 흠빡 젖은 내게 사과를 하더니 나를 끌고 호텔로 들어가더라구. 로비를 가로질러서 축구경기장 두 배는 될 것 같은 라운지로 데리고 갔어. 그녀가 차를 주문하는 동안 나는 목 아래로 물을 뚝뚝 흘리며 플라스틱 장바구니를 발 밑에 놓고 앉아서는 생각했지.

"마조리, 오랫동안 복수하려고 기다렸을 텐데, 지금은 아주 품위 있는 척하는구나. 자 어서 나를 고문하려무나. 콩코드기를 타는 스튜어디스됐다고 말해 보라구." 하지만 그 애는 아무 말도 않았어. 그저 앉아서 날 바라보기만 하더라구. 날 보며 즐기도록 내버려 두었겠니? 그래서 내가 먼저 말했지. "스튜디어스가 됐구나. 정말 멋지다고 들었는데, 세계를 여행하며 다니겠네." 그런데도 그 애는 잠자코 나만 바라보는 거야.

웨이트리스가 우리 앞에 차와 케이크를 갖다 놓았어. 그래 내가 그녀에게 말했지. "이 쪽은 제 친구 마조리에요. 동창이죠. 지금은 스튜어디스가 됐어요" 그러자 마조리가 갑자기 이렇게 말하는 거야. "스튜어디스? 왜 그렇게 생각하니? 여행은 많이 하지만 스튜어디스는 아니야. 셜리, 나는 창녀야. 몸 파는 여자라구."

마조리 메이저스, 그애가 고급창녀라니!

"그게 정말이니, 마조리? 네 어머니가 네게 웅변술을 가르치시려고 그렇게 많은 돈을 들이셨는데." 우리는 그 날 저녁을 함께 보냈어. 그녀는 내게 전혀 뻐기는 티를 내지 않았어. 자신이 일하는 곳들에 대해 얘기를 했지, 바레인, 뉴욕, 뮌헨 등. 그녀가 내게 뭐라고 했는 줄 알아? 학창시절에 그녀는 나처럼 되었으면 했다는 거야. 우리 둘은 그 날 아델피 호텔에 앉아 서로 과거를 고백했던 거야. 한 사람은 무슨 귀족 같고, 다른 하나는 꼭 물구덩이에서 꺼내 놓은 꼴을 해가지고는 말이지. 그 시절을 생각하니 슬펐어.

우리는 아주 친한 친구가 될 수 있었을 텐데, 정말 가까운 친구 말야. 우리는 이것저것 참 많은 기억들을 되살렸지. 영원히라도 그 곳에 앉아 있을수 있겠더라구. 우린 서로 떠나고 싶지 않았어. 하지만 시간은 흘렀고 그 애는 비행기를 타야 했어. 프랑스의 파리로 가야 했지. 하지만 그 애는 가고 싶어하지 않았어. 가기 싫어했다구. 그리고는 내게 몸을 기울여 뺨에 키스를 했어. 정말 애정이 듬뿍 담긴 키스였어. 그리고는 내 어깨를 붙잡고 나를 바라보며 말했지 "안녕 셜리, 안녕 셜리 발렌타인."

집에 돌아오는 길에 버스에서 난 울었어. 왠지는 모르겠어. 차창을 내다보는데, 눈물이 뺨을 타고 흘러 내리더군. 그리고 머릿속에 가득 이 목소리가 들려오는 거야. "나는 셜리 발렌타인이었다. 나는 셜리 발렌타인이었다. 나는 셜리……"

(그리고는 정말 흐느낀다.) 어떻게 된 거지? 누가 나를 이렇게 바꿔 놓은 걸까? 이건 싫어. 벽아, 그녀를 기억하지? 셜리 발렌타인 말이야. 죠라는

사내와 결혼해서 언젠가부터 이 곳에 살게 되었지. 비록 이름은 브래드 쇼로 바뀌었지만 그녀는 여전히 셜리 발렌타인이었어. 잠시 동안은, 그녀는 자신이 누군지 알았어. 그녀는 웃곤 했지. 아주 많이, 죠와 함께 웃었었지.

그들이 함께 일하고, 함께 이 부엌을 만들고, 함께 페인트 칠을 하는 동안 말이야. 기억하니, 벽아? 그들이 함께 처음으로 너를 칠하던 때를? 그리고는 서로 페인트 칠을 하며 짐짓 다투는 척했지. 서로 상대방을 온통 노랗게 칠하고는 함께 목욕을 했지. 물이 노랗게 물들자 그는 바닐라 아이스크림 속에서 목욕을 하는 것 같다고 말했지. 셜리 발렌타인은 그의 머리를 감기고 젖은 그의 머리에 키스를 했지. 그리고 행복이 무엇인지도 알게 됐지.

그런데 어떻게 된 거지? 그들에게 무슨 일이 일어난 거야.

죠에게, 셜리 발렌타인에게, 무슨 일이 일어난 건가? 아니면 아무일도 일어나지 않은 건가? 무언가 일어났다면, 그가 우유배달부와 함께 침대에 누워 있었기라도 했다면, 누군가 비난할 사람이라도 있다면 이해하기가 쉬우련만, 아무것도 없어. 그들은 결혼했고, 가정을 꾸렸고 애들을 낳아 길렀지. 그러는 동안 죠라는 사내는 '그 이'로 변했고 셜리 바렌타인은 이렇게 변했어. 나는 언제 이렇게 됐는지 알 수가 없어. 언제부터 좋은 게 끝나 버렸는지, 언제 셜리 발렌타인이 사라지고 실종자 명단 위의 다른 이름이 되어 비렸는지……

(가까스로 분위기를 바꾸면서) 그는 아직도 나를 사랑한다고 말하지. 하지만 그렇지 않아. 그저 말로 하는 거지. "당신을 사랑해." 끔찍하지 않니?

그저 적당히 넘어가자는 거지. 속상하고, 좌절하고, 반쯤 미쳐 버릴 것 같아 불평이라도 하면, 그이는 이렇게 말하지. "뭐가 문제야? 당신을 사랑하는 거 알잖아." "사랑해." 그거 병에 담아서 팔지. 만병통치약이라구. 정말 이상해. 왜 누군가가 "사랑해." 하면 그게 상대방한테 막대할 수 있는 권리를 주게 되는 건지 말이야.

만일 내가 그의 아내가 아니라면, 옆집에 사는 이웃이거나 가게 주인이라면 그는 내게 친절하게 이야기하겠지. 그들에게 사랑한다고 말하지는 않으면서 말이야. 그 이는 날 사랑한다고 말해. 그리고 막말을 해대거든. 나한테 말할 때는 말이지. 웃기는 거지. "당신을 사랑해." 웃긴다구. (요리를 거의 끝마쳐 가면서)

제인은 늘 그러지. 왜 떠나 버리지 않느냐구. 사실 잘 모르겠어. 왜 마흔 두 살이나 먹은 여자가 꿈을 실현할 기회를, 일년에 단 두주 여행할 기회를 갖고도 그렇게 할 수 없는 상황을 참아야 하는지 모르겠어. 알면 좀 말해 주려무나.

왜 이러구 있는지 모르겠어. 정말 싫어 죽겠는데 벽에다 대고 얘기하는 생활은 정말 지긋지긋하다구. 나는 두려워, 이제는 벽 넘어의 삶은 두려울 뿐이라구. 어렸을 때는 지붕도 곧잘 뛰어넘었는데 재미로 말이야. 그를 떠나기가 두려워. 갈 곳도 없고, 벽 넘어에는 날 위한 곳이 없을 걸 알아. 한때는 있었지. 하지만 내가 돌아오지 않을 것을 알고는 남에게 줘버렸다더군. 다른 사람에게 말이야. 더 젊고, 벽 밖의 말을 할 줄 아는 다른 사람에게 그래서 이러구 있는 거지.

만일 그리스에 가는 것을 포기해야 한다면, 그까짓 것 잊어버리지 뭐. 아크로 폴리스가 뭐야? 결국은 낡아빠진 쓰레기 아냐? 라디오 방송에 DJ들이 얘기하는 것하고 똑같겠지. 우린 모두 영국 촌놈이구— 우리가 뭐 잘못된 데가 있나— 우린 늘 웃고 농담하는 거야. 그리스인들도 우리와 다른 게 뭐 있겠어. 그리스가 뭐람? 그리스도 결국은 달걀 프라이에 감자 튀김은 매한가지일 걸. (웃는다. 포즈) 자, 와인 한 병 더! 여기가 그리스인 것처럼 할 수도 있지. 어이, 벽. 보라구

(창쪽으로 간다.) 저 태양을 봐. 빛나는 것을…… 바다를 보라구, 바다. 덩굴 냄새 좀 맡아봐. 저 올리브, 저 포도들 맛 좀 보겠어? 벽아, 보라구.

저 여자, 저 아름다운 여자 말이야. 바닷가 테이블, 파라솔 밑에 앉아 있는 저 여자. 평화스러워 보이지? 포도가 익는 땅에서 와인을 마시는 모습.

(그녀가 테이블 위에 접시를 내려 놓을 때, 뒷문이 열린다. 블랙 아웃)

[2장]

부엌, 3주 뒤.

수트 케이스 하나가 부엌에 놓여 있다. 셜리가 들어온다. 격식을 차린 멋진 투피스 정장차림이다. 하이힐을 신고, 가방 위에 모자도 놓여 있다. 커다란 가죽 숄더백도 부엌의 작업대 위에 놓여 있다. 그녀는 두 번, 세 번 부엌과 찬장, 부엌용기의 위치 등을 확인한다. 처음 등장할 때 그녀는 다소 불안한 상태에 빠져 있다.

셜리 : 내가 어딜 가는지 알겠니? 제인이 공항까지 타고 갈 택시를 불렀어. 네 시에 데리러 온다고 했지. (갑자기) 네 시! (시계를 보고 팔목 시계를 맞추어 본다.)

맙소사, 여권을 잊었네. 여권이 어딨지? (핸드백 속의 내용물을 확인하다.)

여권, 비행기표, 돈, 여권, 비행기표, 돈, 됐어. 벌써 멀미가 나나? 멀미약을 먹었는데, 벌써 네 알쩬데. 겨우 아래층, 위층만 왔다갔다 해도 이러니.

여권, 비행기표, 돈, 여권. 완벽하지?

자, 이제 겨우 시작일 뿐이야. 올해는 그리스, 내년에는 세계일주.

(긴장된 신음소리와 함께 여권을 접는다.) 그 이에게 말을 했어야 했는데, 그 이에게 말했으면 더 쉬웠을지도 몰라. 아니, 안 그랬을 거야. 말했다면, 가지 못하도록 날 설득했을 걸. 못당하니까. 아마 내가 죄의식을 느끼도록 했을 걸. 죄의식? 그건 충분히 느꼈어. 지난 3주, 비밀리 여행

준비를 하는 동안은 마룻바닥에 지하통로를 뚫고 사는 기분이었다니까. 꼭 나치 비밀경찰이 찾아와 지하통로를 찾아 내는 느낌이었다구.

(위를 올려다본다.) 하느님, 제가 좀 지나치죠? 돌아오면 대가를 치러야 할 거예요. 하지만 그 때는 괜찮아요. 하느님, 그리스에 가 있는 두 주 동안만 용서하세요. 우리 밀란드라, 브라이언에게 아무 일 없도록 해 주시고, 그이를 지켜 주세요. 3주 동안 몰래 다리미질하고, 짐꾸리고, 두주 분 식사를 준비해 두었어요. 모두 냉장고에 있답니다. 친청 어머니가 오셔서 냉동된 음식을 녹여 상을 차릴 거예요. 운이 좋으면 내가 떠난 것을 그 이가 모를 수도 있을 텐데, 메모를 남겨야겠지. "그리스로 떠남, 2주 후 돌아옴." 말을 했어야 했는데. 셜리, 바보 같은 소리. 말을 했다면 떠날 수 있겠어? 감자튀김과 달걀 프라이가 어떻게 됐었지. 그걸 생각해.

그것만 생각만 하라구. 그래서 결심을 했잖아. 얼마나 정성껏 만들었어. 그는 고기요리를 기대했었지. 식탁에 앉아서는 그저 감자튀김과 달걀 프라이가 놓인 접시를 바라보기만 하는 거야.

포크를 들 생각도 안하고, 앉아서 묘한 표정을 지으며 접시만 뚫어져라 보더라구. 뭐 삶의 의미라도 연구하듯이 말이지. 난 모른 척했어. 그저 식탁 맞은편에 앉아 있었지. 결국 그가 묻더군 "이게 뭐야? 이게 뭐냐구!"

"음식이지 뭐예요." 내가 대꾸를 했지. 그는 의자 뒤로 몸을 젖히더니 하는 소리가 "이런 쓰레기는 안 먹어." 그러더니 접시를 식탁에서 밀어내 버리지 뭐야.

거기에 앉아 있던 내 무릎에 온통 감자튀김과 달걀이 쏟아졌어. 노른자가 다리 위로 줄줄 흘러 내렸어. 그러더니 그 이는 냉장고에다 대고 떠들어대기 시작하는 거야. 심술을 부릴 때면 언제나 그래. 심술이 나면 가스레인지, 냉장고, 벽난로에 대고 소리를 질러대지. "밤낮으로 뼈빠지게 고생을 해도, 집에 들어오면 마누라가 식사라고 뭘 주는 줄 알아?" 냉장고가 대답을 하나?

저 혼자 대답도 한다구. "뭘 주는가 하면 말이지, 달걀 프라이와 감자튀김, 빌어먹을 달걀 프라이와 감자튀김." 갑자기 무엇에 씌었는지 난 그가 소리를 질러대는 동안 식탁에서 일어나 죽어라 하고 음식을 털어 낸 후 펜을 집어들고 벽에 큰 글씨로 이렇게 썼지. 그리스. 그는 알아채지도 못했어. 소리소리 질러대느라고 말야. 난 집 밖으로 나와 버렸어. 코트를 걸치고는 빌란드라의 아파트로 갔지. 아무도 없지 않겠어. 그래 골목을 몇 바퀴 돌고는 제인에게 전화를 하려는데 전화기가 전부 고장이더라구. 항상 그 모양이라니까. 한 시간쯤 그냥 돌아다녀야 했지. 누군가 얘기할 사람에게 가 보고 싶었지만…… 아무도 없더라구. 세상에 태어나서 그렇게 외로웠던 적은 없었어. 참 많은 사람들을 알았었는데, 그들은 다 어디로 간 거지? 결국 다시 돌아왔어. 그이는 나가서 음식을 사들고 왔더군! "저게 뭐야." 벽을 가리키며 그이가 물었어. "장소예요, 내가 갈 장소." 내가 대답했지.

그러자 그가 하는 말이 "그리스가 아니면 안 가겠다, 그래서 내가 배를 곯는구만. 당신 해외여행을 위해 돈을 모아야 하니 말이야!"

난 웃기 시작했어. 신경질적으로. 그리고는 마침내 부엌 바닥에 누워 버렸지. 그가 나를 넘어 밖으로 나가 버리더군. 하지만 난 웃음을 참을 수 없었어. 내가 드디어 일을 저지를 것을 알았기 때문이지. 난 그리스로 갈 작정을 했다구. 모든 게 잘됐어. 준비를 칠저히 했거든. 여권도 받고, 나 자신도 놀랄 정도야. 어제는 시내에 나가서 마지막으로 몇 가지를 더 샀어. '마크 앤드 스펜서' 상점을 지나는데, 멋진 속옷이 진열되어 있더군. 아주 부드러운 속옷이. 절반 값으로 파는 거였어. 평소에는 난 좀 보수적이거든. 말하자면 거의 입지 않은 거나 마찬가지였어. 그렇지만 한 번 입어 보기로 했지. 더운 기후에는 아주 시원할 것 같았거든. 그래서 안으로 들어가 브래지어 하나, 슬립 두 벌, 그리고 팬티를 몇 벌 샀어. 포장하는 것을 기다리고 섰자니까, 이웃에 사는 길리안이라는 여자가 들어오더군.

그 여자가 어떤지 알지? 길리안 말이야. 허풍장이라고 말하지는 않겠지만, 누가 어디 좋은 곳좀 다녀왔다면 자기는 벌써 그 곳을 열 번은 다녀왔다니까. 그런 타입 알지? 내가 두통이 있다고 하면 아마 자기는 뇌종양에 걸렸다구 할 거야. 내가 산 물건들을 보더니 "오! 셜리 멋있는데요. 요즘은 인공섬유로도 참 잘 만들죠?" 그러더니 내가 산 슬립을 들어 올리며 "잘 모르는 사람은 진짜 실크라고 하겠어요." 나는 나 자신에게 타일렀어. "입 닥치고 있어 셜리" 어차피 그 여자는 이기지는 못할 테니, 그녀는 슬립을 카운터에 던져 놓고는 "밀란드라에게 잘 어울리겠어요." 순간, 그러지 말았어야 했는데 그만 나는 이렇게 말해 버렸지 뭐야. "아니에요, 길리안. 밀란드라 것이 아니고 제것이에요. 물론 절 위해 산 것은 아니죠. 제 연인을 위해 입을 거니까요."

그리고 길리안이 어리둥절하고 있는 사이에 얼른 "길리안, 우리는 내일 떠나요. 연인과 저 둘이요. 2주일간 그리스의 섬에 가기로 했거든요. 태양과 모래밭과 환상적인 다른 모든 것과 함께 두 주 동안 보내기로 했어요. 가야겠네요. 살 것이 좀 남아서. 혹시 바지 멜빵 파는 데 아세요? 아니 그냥 두세요. 제가 찾지요 뭐. 안녕 길리안." 그리고는 그녀가 로버트 레드포드와 2년간 사랑을 나누었다는 헛소리를 하기 전에 그 곳을 나와 버렸어.

집에 오는 버스 속에서 내내 후회했어. "바보야, 뭐라고 그런 소리를 해. 오늘밤 그 이가 있는 데서 전화라도 하면 어쩌지? 그녀가 쓸데없이 지껄이면 어떡할라구." 그런 여잔데, 방송국보다도 소식이 빠른 여자란 말이야. 하지만 집에 도착해서는 길리안에 대해서는 완전히 잊어버렸어.

그런데 무엇이 기다리고 있었는지 알아?

밀란드라가 가방과 물건을 가지고 와 있더라구. "샤론 루이스, 그 아이가 정말 싫어요." "정말 지긋 지긋 하다구요. 엄마하고 살려고 돌아왔어요." 난 서서 그 애를 멍청히 바라보았지. "엄마, 그 전처럼 아이스크림하고 토스트 좀 만들어 주실래요?" 하고는 위층 제방으로 올라가 버리더라구. 그래서 아이스크림과 토스트를 만들어 가지고 올라갔지. 침대에 올라가 베개 두 개를 받쳐 놓고 앉아서는 예전에 보던 잡지책을 뒤적이고 있더라구. "엄마 사랑해요. 왜 내가 그런 속물과 같이 살러 갔는지 모르겠어요. 음, 엄마 아이스크림에 설탕이 덜 들어갔어요. 스푼 하나 더 갖다 주실래요?" 그래서 아래층으로 내려가 설탕을 가져다가는 아이스크림 넣어 저어 주고 있는데 밀란드라가 하는 말이 "내일 토요일에 우리 시내에 가요. 네, 엄마? 쇼핑 좀 하자구요. 엄마랑 나랑 둘이서요." 난 고개를 끄덕였지. 그 애가 돌아온 지 십 분도 못돼서 다시 '자동엄마'로 돌아가 버리고 만 거지. 그 애가 위층으로 텔레비전을 가져다 달라고 했을 때 언뜻 정신이 돌아오드라구. 다시 아래층으로 내려가지 않고 나는 침대 맡에 앉아서 말했지.

"밀란드라야 네가 돌아와서 정말 기쁘구나. 늘 널 그리워 했단다. 전에는 그런 말을 하거나 불평한 적이 없었지. 자식들도 자신의 삶을 가져야 한다고 믿었기 때문이었어. 그렇지만 너와 함께 앉아서 얘기도 하고 시내에도 나가고 식사도 같이하고, 함께 즐거워하고 싶은 때가 많았단다. 엄마로서가 아니고 또 다른 한 인간으로서 말이야. 그렇지만 그럴 수 없었지. 너는 네 자신의 삶과 친구와 관심거리가 있었기 때문이었어. 어느 것도 나와 관계가 없더구나."

"이제 우리도 그렇게 할 수 있어요. 다시 집으로 돌아왔으니까요."

"정말 좋은 일이야. 가장 좋은 때를 맞추었어. 아버지를 돌보아 드리면 큰 도움이 될 것 같구나." 그렇게 말하니 딸아이 표정이 바뀌더라구. "아버지한테 무슨 일이 있어요?" 내가 딸아이를 안심시켰지. "아니야, 아무런 일도 없어. 그런데 내가 집에 없을 거야. 나는 제인 아줌마와 내일 그리스로 떠날 거야." 그러자 갑자기 뜨거운 물이 터지는 것 같더라구. "뭐요?" "2주일간 그리스에 간다구." "그리스에요? 왜요?" 밀란드라는 침대에 튀어나오면서 "제인 아줌마하고 둘이서만 그리스에 간다고요? 아버지는 뭐라고 하세요?"

아버지에게는 아무 말도 하지 않았다고 하니까 그 애는 거의 제정신이 아니었어. 그러더니 옷을 입기 시작하는 거야. "정말 부끄러운 일이에요. 두 명의 중년 여성이 자기들끼리만 그리스에 간다고요? 정말 혐오스러워요." 그렇게 말하고 밀란드라는 아래층으로 내려가서는 전화를 하더군. 샤론 루이스에게 다시 돌아가겠다고 말하는 거야. 난 2층에 그냥 앉아 있었어. 그 애가 '혐오스럽다고' 말한 것이 떠오르더군. 지 아버지하고 똑같은 생각을 하는 거야. 내가 불순한 여행을 떠난다고 생각하는 거지. 당황스럽더군. 생각하면 할수록 화가 나더라고. 그래서 아래로 내려가 마음을 얘기하려는데 현관문 닫히는 소리가 들렸어. 창문을 통해 내다보니 택시에 짐을 싣고 있더군. 창문을 열어 젖히고 소리쳤어. "그래 난 그리스에 가서 바람을 피울 거야. 아침식사도 저녁도, 차를 마셔도 전부 바람 피울 생각뿐이야." 그 애는 내 말을 무시 했지만 택시 운전사는 몸을 빼내며 소리치더군. "거 다이어트에 좋을 것 같군요." "그래요, 그런 거 들어 본 적 있어요? F계획이라고 하지요." 내가 소리쳐 주었지. 밀란드라는 택시 문을 쾅 닫고 떠나가 버렸어. 나는 밀란드라의 방에 주저앉았어. 처음에는 너무 못견디겠더니 차츰 마음이 가라앉더군.

정말 바보가 된 기분이었어. 생각나는 거라곤 밀란드라가 "왜 그리스에 가죠? 왜요?" 라고 말한 것밖에는 없었어. 애들이 뭐라고 해도 상관없어. 3주 동안 나는 자신에게 난 할 수 있다고 말했어. 괜찮다고. 갈 수 있다고. 나도 인생을 즐길 수 있다고. 나는 나 자신이 그다지 늙지 않았다고 확신했지. 아직 히프도 생각만큼 처지지 않았고 애를 둘씩이나 낳은 여자치고는 아랫배도 늘어진 편은 아니라고 말야. 난 심지어 비키니도 한 벌 샀거든. 그렇지만 밀란드라의 침대에 앉아서 갑자기 난 내 허벅지가 파르테논 신전의 기둥만큼이나 굵다는 생각이 들더라고.

그리고 늘어진 뱃가죽도 타이어 자욱 만큼이나 선명해 보이구. 그리스에 가는 것보다는 차라리 연금생활자 클럽에나 가입하는 게 나을지도 모른다는 생각이 들더라고. 그래 밀란드라가 옳을지도 몰라. "그리스에 간다구요? 무엇 때문에요?" 그래 그 애가 옳을지도 몰라. 정말 청승맞은 짓일지도 모른다고. 무엇 때문에 가는 거지? 그냥 여기 있는 게 더 쉬울지도 몰라. 안전하고, 위험 없는 곳에 말이야.

3주 동안 참으로 멋진 그림을 그렸지. 태양과 바다를 말이야. 그렇지만 밀란드라의 말을 듣고 나니 다시는 아무런 그림도 떠오르질 않더군. "바보 같은 셜리, 모험의 시간이 끝났는데도 모험을 해 볼 수 있다고 생각하는 어리석은 여자." "왜?" 나는 내 자신에게 자문해 보았지. 내가 산 비키니 수영복을 생각하니 부끄럽드라고. 내 어리석음이 정말 창피했어. 어떻게 그것이 가능하다고 생각했을까 "무엇 때문에?" "왜 가느냐고요?" 사실 나는 미지의 흥분감을 찾기 위해 가려고 했던 거지. 어디로 가는지도 모르고, 무슨 일이 일어날지도 모르고, 그 곳이 어떨지. 어떤 모습일지도 모르고, 어떤 날들이 기다리고 있는지도 모르는 흥분감. 그것은 내게는 이질적인 어떤 것에 대한 흥분감이었던 거지. 지붕을 뛰어 넘는다는 흥분감.

지붕에서 뛰어 내리려는데 밀란드라가 잡은 거야. "목 뿌러져요. 내려가세요. 어리석게 굴지 마세요." 그 순간 난 보았지. 얼마나 높은지, 땅바닥이 얼마나 딱딱한지, 내 뼈가 얼마나 연약한지를 말야. 이제 지붕에서 뛰어 내리기에는 너무 나이가 많다는 것을 깨달았지. 나는 제인에게 전화하고 어머니게도 전화해서 2주 동안 고생스레 오실 필요 없다고 말하려고 아래층으로 내려갔어. 전화기를 드는데 현관벨이 울리더군. 그래서 전화기를 내려놓고 문으로 갔지. 길리안이 그 곳에 서 있었어. "안녕 셜리? 죠 안에 있어요?" 난 웃었지. "아니오, 그는 없어요. 허지만 비밀을 누설하러 이 곳에 온 거라면……"

말을 맺기 전에 날 밀어붙이고 들어오는 거야. "난 무슨 말도 누설하지 않을 거예요. 당신에게 이것을 주기 전에 죠가 있나 확인하려 했을 뿐이에요." 그녀는 내게 예쁘게 포장된 꾸러미를 건네 주었어. "당신이 가지세요. 셜리. 한 번도 안 입은 거예요. 난…… 용기가 없었어요. 오, 셜리.

나도 그래 보았으면 했다구요. 당신만큼 용기가 있었으면 하구요. 셜리, 당신은 용감해요. 당신이 참 멋지다고 생각했어요." 그리고는 가 버렸어. 난 꾸러미를 열어 보았지.

(수트 케이스를 연다.) 이게 그거야.

(멋진 실크 드레스를 꺼낸다.) 실크. 길리안이 옳았어. 진짜 실크를 당할 수는 없지. 아마 여러해 전에 샀던 게 틀림없어. 오리지널 상표가 붙었잖아. "봉 마르셰" 처음에는 입어 볼 생각도 못했어. 내가 길리안에게 한 말이 너무 무서웠지. 애인하고 같이 간다는 말 말이야. 길리안은 내가 멋지고 용감하고 활기찬 여자라고 믿었던 모양이야. 난 거울을 꺼내 날 비추어 봤지. 길리안이 내게서 본 모습을 찾아보려 했어. 길리안의 눈에는 내가 더 이상 이웃에 사는 셜리가 아니었던 거야. 중년의 애 엄마 셜리. 셜리 브래드쇼가 아니었던 거지. 나는 센세이셔널하고 용감한 셜리, 셜리 발렌타인이 된 거야. 내가 거울 속에서 그러한 내 모습을 찾지 못하더라도, 애인과 함께 간다는 것이 사실이 아닐지라도, 중요한 것은 길리안이 그렇게 믿었다는 거지. 내가 그렇게 하는 것이 가능할 거라구 믿은 거란 말이야. 나는 그 옷을 입어 보았어. 완벽했어. 아름다웠구. 그 순간…… 정말 그랬어. 그 순간 지붕이 그렇게 높지 않은 것 같더라구. 고층빌딩에서도 뛰어 내릴 것 같더라니까.

이제 날짜가 된 거야. 난 갈 거야. 벽을 넘어 그 땅으로 갈 거라구. 그리스의 해변에 앉아 올리브를 먹을 거야. 올리브를 좋아하지는 않지만 그리스에서는 좋아질 것 같아. 그들은 오징어와 문어를 먹는다더군. 나도 먹을 거야. 상관없어. 뭐든 할 거라고. 뭐든 해 볼 거야. 과거에 그랬듯이 말이지. 두려움 없이. 새로운 것에 대한 두려움 없이. 나는 용기 있는 셜리가 될 거야. 물론 사실은 두려워. 그렇지만 그렇다고 포기하지는 않을 거야. 다시 소녀가 되어 보는 거야. 그리고 "맙소사 벌써 마흔둘이구나." 가 아니고 "셜리 이제 마흔둘밖에 안 됐어. 어때 멋지잖니?" 하고 말할 거야. (거울 속의 자기모습을 바라본다.) 괜찮아, 괜찮아, 써 보라구, 써

봐.

(머리에 모자를 쓰고는 다시 거울에 비추어 본다.) 벽아 어떠니? 오 그만
둬, 다시는 너하고 얘기하지 않을 테니. (그녀는 거울 속의 자신을 향해
미소 짓는다.) 그거야 셜리. 자, 치장은 끝났으니 갈 준비를 해야지. 가방
은 다 꾸렸던가. 다 됐군. 여권, 비행기표. 돈은? 여권, 비행기표, 돈.
(핸드백을 닫고, 수트 케이스 위에 앉는다. 마지막으로 부엌을 둘러보며,
제대로 정돈되어 있는가를 확인한다. 확인 끝.)
4시에 제인이 데리러 온댔지. (시계를 본다.) 2시 20분이네.
(블랙 아웃)

【2막】

그리스의 한섬, 해변가의 외딴곳.
여기저기 바위가 있고 지중해의 태양이 강렬하다.
해안이 비교적 개발이 안된 곳으로 여행객에게는 적당치 않은 곳. 뒤쪽으로 마을과 선술집의 모습이 얼핏 보인다.
짙푸른 하늘, 몇 개의 의자가 딸린 흰 테이블이 놓여 있다.
막이 오를 때, 파라솔은 여전히 접혀 있는 채로 있다. 일광욕을 위한 매트가 깔려 있다. 셜리가 등장한다. 맨발로, 짧은 반바지와 비키니 상의 위에 길리안이 준 옷을 걸쳤다.

셜리 : 날 못알아 볼 걸. 요즈음엔 나도 나 자신을 못 알아볼 정도니까. 어때, 적당히 타지 않았어? (옷을 열어, 자신의 탄 살결을 보여 준다.) 멋지지 않아? 이 곳이 정말 좋아, 그렇지 바위야? (바위를 가리킨다.) 저 바위. 내가 이 곳에 온 첫날 우리는 만났지. 난 해변에 나가고 싶지 않았거든. 너무 하얗더라구. 그래서 좀 태운 후 해변에 나가려고 한 거지. 처음 이 곳에 왔을 때, 해변에 나갔었더라면 사람들은 아마 내가 흰색 페인트로 만든 코트를 입었다구 생각했을 거야.
처음 오니까 태양빛보다는 사람들의 눈초리가 더 따갑더군. 그래서 이 장소를 찾아냈지. 내가 널 발견한 거야, 그렇지 바위야? 너에게 말을 걸었지. 물론 대답은 못하더군. 그리스 바위니까. 내 말을 알아듣지를 못하는 거야. 제인과 함께라면 부끄러움을 무릅쓰고 해변엘 갔을 텐데. 그렇지만 혼자는, 다소 눈에 띄는 것 같아서. 제인은 친구를 만났어. 이 곳에서가 아니고 비행기에서 말이야. 난 그런 사람은 트럭으로 준대도 싫더라. 스포츠맨 타입이야. 온통 아디다스 상표투성이야. 응, 이는 참 멋있더라. 눈은 핏발이 서 있구. 그가 빛나는 흰 이와 핏발 선 눈으로 미소를 지을 때 난 제인에게 말했지. "좀 징그러운데."

제인은 별로 그 말이 마음에 들지 않았나 봐. 그렇지만 난 상관치 않았어. 사실 우린 모든 것을 함께 하기로 했거든. 헌데 비행기가 착륙도 하기 전에 제인은 이미 갈 곳을 정했더라구. 화장실밖에는 다녀오지 않았는데 글쎄 돌아와서 하는 소리가 "나 저녁 초대받았어. 오늘밤에." 하지 않겠어. 난 그녀를 쳐다보며 말했지. "뭐라구?" "응 방금 저 뒷자리에 앉은 사내를 만났는데 섬 반대편 빌라에 머물고 있는데 그가 나를 저녁에 초대하지 뭐니. 오늘밤에. 오, 셜리 괜찮겠니?"

나는 아무말도 하지 않았어. 할 말이 있었겠니? 나는 그저 창 밖을 보며 생각했지. "낙하산만 있다면 지금이라도 뛰어 내릴텐데." 난 심지어 낙하산도 없이 뛰어 내릴 생각까지 했다니까. 제인이 그러더라구. "오늘밤만이야. 계획한 대로 할 수 있을 거야." 하지만 난 알았지. 본능적으로. 다시는 그녀를 못 볼 거라고 말이야. 다른 곳에 있고 싶어하는 사람과 함께 시간을 보내고 싶지도 않았구. 제인이 나를 동정하는 것도 싫었어. 그래서 이렇게 말했지. "제인, 너 금년도 여권운동가상은 포기를 했구나. 필요 없다 그거지? 그래 네 남편이 우유배달부와 놀아난 이래로 무척 어려웠을 거야. 이제 기회를 잡았으니 내 염려랑 눈곱만치도 하지 말아. 그의 빌라에 가서 즐겨. 재미 보라구." 내게 제인이 뭐라는 줄 알아? "이해해 줘서 고마워." 그리구는 그 날밤 돌아오지 않았어. 다음날 아침도. 4일간 얼굴도 볼 수 없었다구. 재미를 보기는 톡톡히 보는 모양이야. 난 혼자 남겨졌지. 혼자였다고. 그렇지만 외롭지는 않았어. 이골이 났으니까.

그런데 여자가 혼자 있으니까 다른 사람들이 곤란해 하는 것 같더라구. 호텔 식당에 들어갈 때마다 모두들 날 쳐다보는 거야. 난 이 작은 테이블을 독차지하고 있지. 참 이쁘지. 저녁에 여기 앉아 있으면 참 좋아. 3일째 되는 날이었는데 여느 때처럼 테이블에 앉아 하루종일 일광욕을 하고 있었어. 잘 익어가고 있었고, 아주 만족스럽고 평화로웠다고. 하도 꿈결 같아서 그 여자가 다가오는 것도 몰랐을 정도였어. 그 여자가 말을 걸고 나서야 그녀가 거기에 있는 것을 알았으니까. "혼자 있으시는 것 같더군요." 하고 말하더군. "가서 함께 식사하지 않으시겠어요, 빈 자리가 있답니다." 난 당황했어. 아무하고도 어울리고 싶지 않았고, 애기하기도 싫었거든. 조용히 있고 싶었는데, 그런데 그 여자가 거기 서서는 내가 무슨 말을 하기를 기다리고 있는 거야. 그리고 레스토랑에 있는 사람들 모두가 어떻게 될까 하고 쳐다보고 있는 것을 알겠더라구. 싫다고 할 수가 없었어. 그저 친절을 베푸는 것뿐인데 말이야. 그런데 안으로 들어가자 정말 곤욕스러웠어.

테이블에 그녀와 그녀의 남편이 같이 앉았는데 레스토랑 전체가 안도의 한숨을 쉬더라구. 마치 내가 그들 모두에게 큰 문제거리라도 됐다는 듯이 말이지. 문제가 해결되니까 사람들은 긴장을 풀고 더 크게 떠들고 웃어대더군. 웨이터들은 박수라도 칠 기세였어. 그 부부는 자네트와 더기,— 더기 웰시—로 맨체스터에서 왔다더군. 얼마나 수다를 떨던지 식사도 시작하기 전에 난 벌써 그들 부부의 부엌 크기, 새로 넓히는 데 들어간 비용, 전자레인지 색깔 등을 알게 되었지 뭐야. 첫번째 코스에 수프가 아니었던 게 다행이지. 아마 수프가 나왔으면 수프 그릇에 머리를 처박고 죽어 버렸을 거라구.

본 식사가 나와서야 우리가 그리스에 있다는 사실을 인정하더군. 얼마나 투정을 부리던지— 모든 게 잘못 됐다는 거야. 햇빛은 너무 뜨겁고, 해변은 너무 습기가 차고, 그리스는 너무 그리스적이라는 식이야. 그들은 그런 타입이었어. 아마 그들은 예수님과의 최후의 만찬에서도 영국식 과자를 달라고 했을 거라구. 난 괜찮던데, 옆 좌석의 가족들은 이것저것 불평을 늘어놓는 거야. 옆에 앉아 있자니 너무 당황스럽더라구.

죄없는 그리스 웨이터만 자기 나라 욕을 실컷 먹었지 뭐야. 옆 좌석의 사내가 더기에게 하는 말이 "해안에 세워놓은 그 거지 같은 낚시배 봤소?" 그러더니 자기 아내에게 "당신도 봤지? 어때?" "그것도 배라구, 엉망이더구만. 그건 배가 아니라 노아의 방주라구, 노아의 방주" 사람들은 그 얘기를 듣고 모두 웃음을 터뜨렸어. 난 너무도 부끄러워서 더 이상 입을 다물구 있을 수 없더라구. 그래서 그 옆 좌석의 사내에게 이렇게 말해 줬지.

"실례합니다만, 올림픽 경기 보셨죠? 올림픽 경기를 창안한 게 그리스인 아니던가요?" 사람들이 모두 나를 바라보더군. "그리고 인류 역사상 가장 중요한 발명품, 그러니까 바퀴를 만들어 낸 것도 그리스인이었어요." 물론 난 바퀴를 발명한 것이 그리스인인지, 아일랜드 사람인지, 아니면 동굴에 살던 원시인인지 알지 못했지. 그렇지만 상관없었어. 일단 입을 여니까 멈출 수가 없더라구. "영국인, 영국인요? 말도 하지 마세요. 그리스인들이 도로를 닦고, 도시를 건설하고, 사원을 세울 때 영국인들은 무엇을 했죠? 겨우 음부 가리고 뛰어다니고, 기린 뿔 가지고 땅이나 뒤적거렸어요." 그렇게까지 할 생각은 아니었는데, 그만 너무 크게 소리를 질러댔지 뭐야. 모두 날 쳐다보는 거야. 옆 좌석의 사내와 그의 가족은 고개를 돌리고 더기와 자네트는 왜 저런 미치광이를 한자리에 불러 들였나 하는 표정으로 앉아 있더군. 더기가 분위기를 돌려 보려고 지나가는 웨이터에게 말을 걸었어. "여보게, 이게 뭐지?" 그리고는 자기 접시를 가리키는 거야. 웨이터가 말하길 "그건 칼라마레스입니다. 선생님." 더기가 다시 묻더라구 "이게 뭐냐구?" "칼라마레스, 일종의 생선이에요." 더기는 자기 접시를 들여다 보면서 믿을 수 없다는 듯 말했어. "내게는 생선처럼 안 보이는군." "내 아내는 위장이 약해요. 먹는걸 조심해야 한다구. 이게 틀림없이 생선이란 말이지?" "틀……림……없습니다, 선생님!" "물고기에요…… 오늘 아침 우리 아버지가 바다에서 잡아오신 겁니다. 말씀하신 노아의 방주을 타고요." 침묵이 흘렀지. 앉아서 먹기만 한 거야. 아무 얘기도 하지 않구 말이지. 그래 놓으니까 왠지 불안하더라구. 그래서 뭔가 분위기를 바꿀 말을 찾아보려 했지. 그럴 땐 늘 말이 헛 나오기 마련이라니까. 기껏 한다는 소리가 "오징어 맛있죠?" 했거든. 그러자 두 부부가 먹는 것을 딱 멈추더니 날 쳐다보는 거야. "뭐라고 하셨죠?" 자네트가 묻더군. 난 그녀의 접시를 가리키며 "오징어 말이에요."
했지.

그 때 자네트가 갑자기 슬로 모션처럼 기절하더라구. 이렇게 말하면 안
되지만 우습기도 했어. 정신이 돌아온 뒤 내가 사과를 했지. 그들은 가
버렸어. 그 뒤에는 호텔에서 식사를 안 하더군. 호텔 뒤편의 그리스식 레
스토랑을 찾아 냈나 봐. 식사 뒤에 다들 바로 갈 때 나는 방으로 올라가
서 가벼운 코트를 입고 밖으로 나왔지. 바깥은 참으로 아름다운 밤이었
어.

(생각난 듯) 그 날 밤 그를 만났어. 크리스토퍼 콜롬부스. 그의 실제 이름
은 아니야. 그의 이름은 코스타스지. 그렇지만 난 그를 크리스토퍼라구
불러. 그 이유는 모를 걸. 그에게는 보트가 있기 때문이야. 사실은 형의
보트라더군. 우린 마침내 발견했어. 쾌락의 섬. 나 끔찍하지? 유부녀가,
마흔두 살에 다 큰 애들까지 둔 주제에 바람을 피운다? 다들 나쁜 여자
라고 생각할 거야. 제인도 그런가 봐. 나한테 하는 말이 "셜리, 철없는
십대처럼 구는구나. 다음번에는 세상이 온통 흔들린다고 말할 것 같네."
내가 말했지. "세상이 흔들려?" 그보다 더 큰 지진이 났다는 생각이 들
정도야. 리히터 지진계로 강도 9. 제인이 보채더군. "자세히 말해봐, 자
세히……" 질투가 나는 모양이야.

하지만 내 잘못은 아니야. 자기가 가 버리지만 않았으면—그 스포츠맨
같은 근육질하고 말야—나는 절대로 크리스토퍼 콜롬부스를 만나지 못
했을 거라구.

그는 내 늘어진 배에 키스를 했어. 그랬다구. 아름답다고 말하기도 했구
말야. 그것도 내 일부이기 때문이래. 내가 사랑스럽데.
감출 필요 없다는 거야. 오히려 드러내 놓고 자랑스러워하라는 거지. 그
건 내가 살아 있음을 보여 주는 것이고, 바로 내 생명의 표시라고 했어.

남자들은 모두 참 지겨운 존재들이야.

어느날 아침에 깨어나 갑자기 뱃가죽에 주름이 생긴 것을 보게 된다면 어떤 꼴을 할까? 거울로 달려가서는 "빌어먹을 뱃가죽에 주름이라니. 결국!"이라구 소리를 지르겠지.

하지만 코스타스는 달랐어. 그는 다른 사람으로 하여금 위협감을 느끼게 하지 않은 사람이라구. 여자하고 얘기하는 법을 아는 사람이지. 내가 그에 대해 처음 발견한 게 그것이었어. 다른 남자들은 대개 여자하고 대화하는 데는 서툴기 마련이거든.

여자의 말을 들어 줄지도 모르고, 언제나 자기가 대화를 주도 해야 한다고 생각 하는 거야. 여자가 "내가 가장 좋아하는 계절은 가을이에요." 하고 말하면 대부분의 남자들은 "그래요? 나는 봄이 좋아요. 내가 봄을 좋아하는 이유는, 봄에는 말이에요……" ……어쩌구저쩌구…… 자기가 봄을 좋아하는 이유를 10분은 늘어 놓는 거지. 여자는 봄에 대해서는 얘기도 꺼내지 않았는데 말이야. 가을이 좋다구 했잖아. 그렇게 되면 여자는 결국 남자가 하고 싶은 얘기를 하게 되어 버리는 거라구. 아니면 아무말도 하지 않던가 말야.

혼자 중얼거리기도 하지. 어찌 됐던 그렇게 되면 대화는 끝장이 난 거라구. 그저 의미 없는 말들만 오갈 뿐이지. 말은 하지만, 그 어느 곳에도 가지 못하는 죽어 버린 말들만……

코스타스는 안 그랬어. 그 날밤 나는 호텔을 나와 해변 가로수 길을 걷고 있었지. 주변에 아무도 없었어. 그러다가 작은 술집의 불빛이 비치는 것을 보았지. 그 술집 앞에는 하얀 파라솔을 씌운 테이블이 놓여 있었구. 내가 그 곳에 가 앉으니까 그가 주문을 받으러 오더군. 나는 그에게 말했지. "음 죄송하지만…… 좀 우습게 들릴지 모르겠는데요. 이 테이블과 의자를 저기…… 바닷가로 옮겨도 될까요?" 그는 잠깐 날 바라보았어. 그리고는 이렇게 말했지. "테이블과 의자를 바닷가로 옮기시겠다구요? 왜 그러시지요? 이 술집이 마음에 들지 않으십니까?" 내가 대답했지.

"아니에요. 참 멋진 술집이에요. 다만 바닷가에 테이블을 놓고 앉는 것이 제 작은 꿈이었거든요" 그러자 그는 "아!" 하고 탄성을 지르더니 내게 미소를 지으며 "꿈, 꿈이라, 테이블을 바닷가로 옮겨드리면, 꿈이 실현되시는 겁니까?" 하고 말하더군. 내가 말했지. "그럴 것 같아요!" "그러면 문제 없습니다. 테이블을 옮겨 드리지요. 오늘밤, 손님들에게 말할 수 있겠군요. 내가 어떤 분의 꿈을 실현시켜 드렸다구요." 나는 잠시 생각했지. 날 놀리는구나 하고 말이야. 영국에서라면 그랬을 테니까 말이야.

그런데 그렇지 않았어. 그가 테이블을 옮겨 주고 주문한 와인까지 갖다 주더라니까. 그에게 돈을 지불하고, 고맙다고 했지. 그랬더니 하는 말이 "아닙니다, 제가 고맙지요. 실현된 꿈을 즐기세요." 하고는 고개를 숙여 인사를 하고 가 버리더군. 술집으로 말야. 난 바다와 하늘과 내 작은 꿈과만 함께 있을 수 있게 되었지. 우습지 않아?

무엇인가를 마음에 그리고, 그러니까 무언가가 어떻게 될까 생각하고, 상상을 해도 실제로 그렇게 되는 것은 없지 않아? 난 몇 주 동안 바닷가에 앉아서 와인을 마시는 꿈을 꾸었지. 느낌이 어떨까 하는 것도 알고 있었구. 그런데 실제로 그렇게 되니까 조금 달랐어. 전혀 아름답거나 평화롭지 않더라니까. 사실 다소 얼빠진 것 같은 느낌이었어. 멍청하고, 무지하게 늙어 버린 것 같은 거야. 생각나는 거라곤 내가 얼마나 바보처럼 살았나 하는 것뿐이더라구. 그 생각도 얼마 안 가 끝나 버리구. 난 생각했지. 나의 삶은 죄악이었다구. 신에 대한 죄악. 왜냐면, 난 삶을 충실히 살지 못했으니까. 속에는 보다 큰 삶을 지니고 있으면서도 스스로 이렇게 하찮은 삶을 허락하고 있으니까 말이야.

난 보다 큰 삶을 살 수 있었을 텐데. 그 모두를 쓸모 없이 소모해 버리고 말았던 거지. 이젠 결코 그러지 않을 거야. 인생이 아무 쓸모가 없는 거라면, 무엇 때문에 태어났겠어? 쓸모 없는 거라면, 이 모든 느낌과 꿈, 희망을 무엇 때문에 지니고 있는 거냐구. 이 모든 낭비된 삶 속에서 셜리 발렌타인은 길을 잃고 방황한 거지. 그런 생각을 하면서 앉아서 바다를 바라보고 있었어. 눈을 크게 뜨니 눈물이 마구 흘러내리더군. 꽤 오래 앉아 있었던 모양이야. 호텔 바 쪽에서 들리던 시끄러운 소리가 사라지고 술집의 그 남자가 문을 걸어 잠그는 거야. 그가 잔을 가지러 왔는데, 잔은 차 있는 그대로였지. 한 모금도 마시지 않았나 봐. 그는 내가 울고 있는 모습을 보고는 아무 말도 하지 않았어. 그저 모래밭에 앉아서 바다를 바라보았지. 마침내 내가 정신을 차리고, 얘기해도 괜찮을 것 같으니까 그가 이렇게 말하더군. "꿈은 우리가 있었으면 하는 자리에 있지 않은 거죠." 나는 그에게 미소를 지어 보였어. 그가 말하더군. "자 갑시다. 제가 호텔까지 바래다 드리지요." 그는 날 바래다 주었어. 자기 이름이 코스타스라고 말하길래 나도 셜리라고 내 이름을 말해 주었지.

호텔 입구에 도착하자 그가 내게 말했어. "내일 저와 함께 있으시겠어요? 형님 보트를 가지고 있거든요. 섬 주위를 돌아 보자구요." 난 고개를 흔들었어. "아니요, 괜찮아요. 참 친절 하시군요, 고맙습니다." 그랬더니 그가 "문제 없어요, 제가 아침 일찍 모시러 오지요."라구 말하는거야. 그래서 내가 "아니오, 고마워요. 하지만……" 하고 말하는데 그가 느닷없이 "두려우세요?" 하고 묻지 뭐야. "아니에요, 하지만……" 하고 우물쭈물 하니까 그가 하는 말이 "두려우시군요." 하면서 고개를 끄덕이더라구. "제가 유혹할까 봐 두려우신 거죠?" 내가 어쩔줄 몰라 하고 있으니까 그가 웃더군. "물론 당신과 사랑을 하고 싶어요. 당신은 사랑스런 분입니다. 당신과 사랑하고 싶지 않다면 제 정신이 아닌 사람이죠. 하지만 제가 귀찮게 하지는 않겠습니다. 전 당신과 형님의 보트를 함께 타고 싶을 뿐입니다. 사랑은 사랑이고, 보트는 보트죠. 다른 겁니다. 내일 모시러 오겠습니다. 와인과 음식은 제가 준비하겠습니다. 내일, 당신을 행복하게 해 드리지요. 슬퍼할 필요 없어요. 두려워하실 필요도 없구요. 제가 약속 하겠습니다. 사랑해 달라고 귀찮게 하지 않겠어요." 내가 뭐라고 말 할 수 있겠어? "음, 그러면 내일 아침에 뵙죠." 그래 버렸지.

다음날 아침, 옷을 차려 입고 방에 앉아 있는데 문 두드리는 소리가 나지 않겠어. 난 생각했지. "맙소사, 그가 방까지 왔어." 난 문을 열었지. 누구였겠니? 제인이 돌아온 거야! "셜리, 내가 심했던 거 알아. 제발 용서해 줘. 내가 보상을 할께. 아직 시간이 이르니까 가서 차를 빌려 섬주변에 드라이브 나가자고." 내가 어쩔 수 있겠어? 여행경비를 댄 것은 제인이니까. 제인이 아니었더라면 그리스에 올 수나 있었나? 계속 자기를 용서해 달라는 거야. 내가 말했지. "그래 용서할게." 그랬더니 제인은 날 끌어안고 말하더군. "자 이제 모두 접어두고, 오늘부터 새로운 휴가를 시작하는 거야. 정말 끔찍한 시간이었다는 걸 알아. 정말 미안해 셜리. 지난 며칠간 방 안에 앉아만 있던 거야? 내가 알지. 내가 없으니 방에 앉아 벽하구 얘기나 하면서 청승을 떨었겠지 뭐." 난 혼자 생각했어. "애가 날 어떻게 보는 거야? 내가 뭐 아무것도 할 수 없는 노인네나 아니면 젖먹이 아인 줄 아는가 보지?" 제인이 말하더군 "몇 분만 기다려, 방에서 몇 가지 가져올게." 그녀가 문쪽으로 향하는 순간 문두드리는 소리가 났지.

제인이 문을 열자 코스타스가 거기에 서 있었어. 제인은 그를 한번 보더니 "뭐죠, 룸서비스인가요? 셜리, 뭐 주문했니?" 하고 묻더군. 그러자 코스타스가 제인을 지나 방 안으로 들어서면서 "셜리, 셜리, 서둘러요. 늦었어요. 부두에서 기다렸어요. 벌써 보트에 와인과 음식을 실어 놨다구요. 서서 기다리며 생각했죠. 셜리와 내가 어제 너무 늦게 잠자리에 들었지. 아마 늦잠을 잔 모양이구나, 하고 말이죠." 제인의 얼굴이 하얗게 질리더군. "서둘러 준비해요. 옷은 많이 가지고 갈 것 없어요. 부두에서 기다릴께요. 자 서둘러요." 그가 제인을 지나치며 말하더군. "방해해서 미안합니다. 청소 계속하세요." 말이야.

제인이 아무 말도 하지 않았더라면, 그녀가 날 어린애 취급만 하지 않더라면, 난 코스타스를 따라가지 못가겠다고 말했을 거야. 아니면 친구와 함께 가겠다고 했던가 말이지.

그런데 제인 하는 말이 "셜리, 너 지금 무슨 장난을 하는 거야?" 난 아무 말도 안 했어. 난 잠자코 그녀를 쳐다봤지. 그랬더니 제인은 내가 한번도 해외여행을 해 본 적이 없다는 점에 대해 늘어놓는 거야. "그리스 섬사람들 같은 남자들은 따분한 중년여성들을 노리구……" 어쩌구저쩌구. 난 거칠게 제인을 지나쳐 방을 나와 버렸지.

난 보트를 조종했어. 내가 그 보트에 탄 첫번째 여자가 아니라는 것, 또 마지막 여자가 되지도 않을 거라는 것을 알았지. 하지만 그는 좋은 사람이었어. 무슨 일이 있던, 그는 내게서 아무것도 빼앗아 가지 않을 거라는 것을 알았지. 우리는 멀리 항해를 했어. 그리고 대화를 나누었지. 우리는 서로를 좋아했어. 우습지 않니? 하지만 자기를 좋아하고 자기를 인정해 주는 사람과 함께 있으면, 다시금 성장을 시작하고 싶어지는 거라구. 열여덟 살이나 마흔두 살, 혹은 예순네 살, 나이 따위는 문제가 안돼. 단지 살아 있을 뿐인 거지. 내가 만일 그 날 나 자신을 볼 수 있었더라면 이렇게 말했을 거야. "저 멋진 여자 좀 봐. 바다 위를 달리는 저 여자! 저기 수영하고 있는 저 사랑스런 여자를 좀 보라구." 말이야. 난 수영복을 호텔에 두고 왔지.

하지만 무슨 상관이람, 우리는 보트를 세우고 뱃전을 넘어 살펴봤지. 내가 물었어. "여기 깊이가 얼마나 될 것 같아요, 코스타스?" "음, 아마 천 미터쯤이요. 만미터쯤 될지도 모르죠. 누가 알겠어요? 끝없이 깊을 지도 모르구요." 난 보트 끝에 섰지. 태어날 때와 마찬가지로 발가벗구 말이야. 그리고 영원처럼 깊은 물 속으로 뛰어들 참이었어. 난 지붕 위에서 뛰어 내리는 것처럼 강하고, 흥분되고, 미친 듯한 느낌에 사로잡혔지. 우리 둘은 물을 튀기고, 웃으며 헤엄을 쳤어. 난 코스타스가 약속을 지키리라는 것을 알 수 있었지만, 그러지 않기를 바랬어. 왜냐하면 그것은 세상에서 가장 자연스러운 것이니까 말이야. 그래서 난 그에게로 헤엄쳐 가서는 그를 껴안고 키스를 했지. 그 때 난 그에게 크리스토퍼 콜롬부스라는 별명을 붙였다구. 신경 쓸 거 없어. 앙드레 프레빈이라구두 부를 판이었으니까. 도처에서 심포니가 들려오는 것 같았으니까. 나중에 보트 위에 누워 태양이 뉘엿뉘엿 저녁을 향해 저물어 갈 무렵에 내게 생각이 떠올랐어. 처음에는 머릿속에서 몰아내려고 했지. 너무도 충격적이었으니까. 난 다른 생각을 해 보려 했어. 그 생각을 떨쳐 버릴려구 말야. 하지만 그렇게 안 되더군. 머릿속을 떠나지 않는 거야. "만일…… 어떻든…… 어떤 이유로, 내가…… 집으로 돌아가지…… 않는다면? …… 누가 상관이나 할까? 누가 고통스러워할까? 누구에게 상처를 입힐까? 누가 그리워할까? 난 말이야. 내가 왜 돌아가야 하지. 내가 왜 되돌아가 더 이상 아무도 필요로 하지 않는 그런 여자가 되어 버려야 하지? 난 일을 다 마쳤는데. 애들은 다 키워 놓았구 말야." 엄마가 휴가를 떠났다가 아예 돌아오지 않으면 얼마나 끔찍할까.

난 돌지 않았어. 그랬구말구. 코스타스와 사랑에 빠진 것도 아니었지. 달콤했었지. 사랑스러웠구, 친절로 가득했던 날이었구 말이야. 하지만 그와 사랑에 빠진 것은 아니었다구. 난 살아 있다는 생각에 빠졌던 거지. 매일 아침에 눈을 떴을 때 제인과 함께 바닷가로 내려오고, 코스타스의 술집에서 커피를 마시거나 술을 한 잔 할 때 내 침대에 누워 잠이 들 때…… 언제나 이 충격적인 생각이 머릿속에 있었어. "난 안 돌아 갈 거야, 절대로 안 돌아 갈 거야."

물론 언제나 알고 있었지. 결국은 가야 한다는 것을 말이지. 난 그저 휴가를 떠나 즐거운 시간을 보내고, 그래서 집으로 돌아가고 싶지 않은 수많은 사람 중 하나일 뿐이었으니까. 꼭 해야 하는 일만 해야 하는 거니까. 그리고 그것을 원하는 척할 뿐이지. 내가 하고 싶은 것은 이 곳에 머무르고, 셜리 발렌타인이 되는 것인데……

내가 해야 할 일은 집으로 돌아가 다시 부엌떼기가 되는 거지. 휴가 중 내내, 코스타스에게 작별인사를 할 때, 그리고 공항으로 가면서, 그리고 탑승절차를 밟고 있는 긴 줄에 서서도, 난 내가 하고 싶은 것을 해야 할지, 아니면 해야만 하는 것을 할지를 몰랐어. 나와 제인, 그리고 돌아가야 할 모든 사람들과 함께 줄을 지어 서 있었지. 난 제인에게 나의 의문에 대해 질문했었던 것 같아. "제인, 제인, 왜 삶을 허송하는 거지?" 그러자 그녀는 남자 때문이라 말했지. 모두 남자들의 잘못이라고. 그리고는 읽던 잡지로 눈길을 돌렸어. "쓸데없는 소리…… 그렇게 된 것은 남자 때문이 아니야. 죠를 봐서 알지. 그이도 마찬가지야. 그는 자신이 쓸 수 있는 삶보다도 더욱 큰 삶을 가지고 있지. 그러니 그도 인생을 낭비하고 있는 거야.

모든 사람이 다 마찬가지라구. 난 알아. 외출할 때, 상점에 있을 때, 함께 자란 사람들을 만날 때, 야채를 사기 위해 가게에 서 있을 때, 우린 "어떻게 지내?" 하고 인사하지. 그러면 모두 "좋아." 하고 말하지 않니? 좋은 척하는 거지 뭐. 야채가 신선하고, 올해는 감기에 걸리지 않았고, 애들도 팔다리 멀쩡하게 잘 자라고, 경찰에게 잡혀 가지 않았기 때문에 말야. 그래서 우린 "좋아." 하고 말하지. 평생 그렇게, 죽을 때까지 똑같은 거야. 우린 대부분 진짜 죽기 훨씬 전에 죽어 버리는 거지. 우릴 죽이는 것은 바로 이 쓰지 못하고 끌고 다니는 삶의 무게인 거야." 우린 탑승구에 도착했어. 내 가방은 꼬리표를 달고 콘베이어 벨트에 놓여졌지. 영국을 향해서, 집을 향해서 말이야. 난 거기에 서서 그것을 움직이는 것을 바라보았어. 콘베이어 벨트를 따라 플랩을 통과해서는 검은 구멍 속으로 사라졌지. 그 때 난 알았어. 그것과 함께 갈 수 없다는 것을 알았지…… 내가 걸어가는 것을 보고 제인은 처음에는 날 불렀어. 그리고는 내 행동을 깨닫고는 돌아오라고 소리를 질러댔지. 줄에 섰던 모든 사람들이 날 보고 있었지. 그들 모두도 내가 되돌아오기를 바란다는 것을 알았어. 하지만 난 그저 계속 걸었어. 중앙홀을 가로질러서 말이야. 내가 가지고 있었던 것은 단지 핸드백과 입은 옷, 그리고 여권과 동전 몇닢뿐이었지. 그나마 버스비를 내고 나니, 완전히 빈털터리가 되어 버렸어.

내가 술집으로 걸어들어갈 때 코스타스는 웬 여자에게 말을 걸고 있었지. 의자에 앉아서 말이야. 난 그가 그 여자에게 말하는 소리를 들었어. "두려우신가요. 제가 귀찮게 굴까봐 두려우신 거죠?" 불쌍한 친구, 날 보자 들고 있던 올리브를 떨어뜨릴 뻔했다니까. 그래서 내가 말해 줬지. "걱정마요, 코스타스. 당신 때문에 돌아온 게 아니에요. 일자리를 구하러 왔어요. 이 곳 술집에서 말이에요."

거의 3주 동안, 난 그 곳에서 일을 했지. 손님들하고도 잘 지내고, 영국인들하고도 말이야. 매주 한 쌍씩은 온다니까. 그들이 들어와 술을 주문하고는 메뉴를 들여다보며 불안해하지. 그러면 내가 "감자튀김과 달걀 프라이를 해 드릴까요?"라고 말하지.

그제야 그들은 마음을 놓는 거야, 이 곳에서 그 일부가 되는 것, 그것이 휴가를 보낸 것보다 훨씬 더 나은 것이었어. (테이블 쪽으로 옮겨가 파라솔을 편다.) 낮에는 혼자 있다가 밤에만 일하지. 하지만 오늘밤은 일을 쉬었어. 죠가 오늘밤 도착하거든. 제인이 돌아간 후 첫번째 그 이가 전화를 했을 때 그는 내게 소리를 질러댔어. 그는 내가 미쳐 버린 것이 틀림없다고 말하더군. 아이들, 자기 그리고 나 자신에게도 부끄러운 존재가 되어 버렸다구. 난 아무 거림낌 없이 전화를 끊어 버렸어.

두 번째 전화를 해서는 내가 나의 생활에서 도망칠 수는 없노라구 말하더라구. 난 그의 말에 동의했어. 그리구 말해 주었지. 난 이제 나의 생활을 발견했다고. 그리고 그것으로부터 도망칠 의사는 전혀 없다고 말이야. 그는 또 다시 소리를 지르기 시작했어. 그리고는 내가 '휴가중의 로맨스'에 빠져서는 바보가 되어 버렸다고 하는 거야. 그렇지만 내가 이 미친 짓을 그만두고 비행기에 올라 집으로 돌아온다면 다 없던 일로 치겠다고 말이야.

내가 말했지. "나의 휴가중 로맨스는 단지 나 자신과의 일이었어요. 죠— 난 이제 나 자신을 진실로 좋아하게 되었어요— 난 좋아요, 죠. 내가 날 봐도, 괜찮은 여자가 됐다고요. 난 살아 있어요. 뛰어나진 못하죠. 역사에 기록될 만한 인물도 못 돼고요. 허지만 난 살아 있어요. 물론 상처도 있지요. 싸움에서 얻은 흉터도 있어요. 하지만 그 상처도 숨길 필요는 없다고요. 그 상처, 그 흉터 모두가 살아 있으니까요." 그리고는 한참 동안 아무 말도 없었어. 난 그가 전화를 끊었다고 생각했어. 그런데 그의 목소리가 들리더군. "알았소. 참으로 끔찍한 삶의 변화라는 것을 말이오." 내가 말했지. "그래요 죠, 맞았어요. 삶의 변화에요. 난 돌아가지 않을 거예요." 마지막 전화 때, 그는 우리 브라이언이 허가 없이 길거리에서 쇼를 벌이다가 체포되었다고 말했어.

그리고 밀란드라가 날 애타게 찾고 있다고도 말이야. 날 사랑하고 자기가 바라는 것은 단지 내가 돌아오는 것뿐이라고. 난 그에게 그것은 불가능한 일이라고 설명했지. 그가 돌아오길 바라는 여자는 더 이상 존재하지 않기 때문에 말이지. 그리고 난 뒤 그의 편지를 받았어. 날 데리러 오겠다더군.

집으로 말이야. 람보영화를 본 모양이지. 곧 도착을 할 거야. 그 이가 잠시 머물렀으면 해. 그도 휴가가 필요하니까. 살갗에 햇볕을 느낄 필요가 있어.

영원만큼 깊은 물 속에도 들어가 보고 말이지.

흠뻑 젖은 머리에 키스를 받고, 바다를 바라볼 필요가 있다니까. 그러면 이해할 거야.

난 코스타스에게 날 위해 다시 한번 테이블을 옮겨 주겠느냐고 부탁을 했지. 그가 내게 말하더군. "또 다시 꿈을 찾으시나요?" 난 말했어. "꿈은 아니에요. 하지만 이 곳에 앉아 그 이가 저 길을 따라 걸어오는 모습을 지켜볼 거예요. 그는 계속 걸어가겠죠. 날 알아보지 못할 테니 말이에요. 내가 그를 불러야지요. 그가 되돌아와 날 보며 어리둥절해하면, 난 그에게 이렇게 말할 거예요."

"안녕하세요. 난 한때 어머니였어요. 한때 당신의 아내였어요. 하지만 지금은 다시 셜리 발렌타인이 됐답니다. 함께 한잔 하시겠어요?"
(블랙 아웃)

혼자 사는 세 여자

The Cemetery Club

이반 멘첼(Ivan Menchell)

미국의 신예극작가 이반 멘첼은 사실주의적 무대를 통해 근본적인 여성의 문제, 인간존재의 문제를 다루고 있다. 『혼자 사는 세 여자(원제: The Cemetery Club)』는 남편을 잃은 세 중년여성의 삶과 애환, 그리고 새로운 미래에 대한 희망과 좌절 따위를 담고 있다. 각기 다른 삶을 살아온 아이다, 루실, 도리스라는 세 여성의 독특한 캐릭터를 통해 작가는 무엇이 우리의 삶을 지탱하는 힘이며, 미래를 여는 원동력이 되는가를 묘사한다. 미묘한 여성의 심리와 현실의 세계를 유머러스한 필체로 그려 가는 멘첼의 극세계는 결국 그들이 추구하는 나름대로의 삶의 유형을 통해 여성 특유의 현실에 대한 인식과 대안을 제시하고 있다.

혼자 사는 세 여자

【1막】

[1장]

무대 : 아이다의 거실. 무대 안쪽 오른쪽에 현관문이 있고 무대를 가로질러 복도, 무대 안쪽 중앙에 침실로 올라가는 계단이 있다.

무대 안쪽 왼쪽에는 복도 끝쪽으로 의자 하나가 딸린 작은 책상이 있는데, 그 위에 전화기가 놓여 있다. 무대 안쪽 벽 현관문 옆에 거울과 선반이 걸려 있다. 거실은 복도 아래쪽으로 내려앉아 있으며, 무대 오른쪽에 거리가 내려다 보이는 퇴창이 있고 바로 부엌으로 통하는 입구가 있다. 무대 안쪽 오른쪽 벽에도 커튼이 달린 창문이 딸려 있는데 이 곳을 통해 현관쪽이 내다 보인다.

창문 아래쪽에는 전축이 놓여 있다. 복도와 거실 사이를 몇개의 기둥과 계단 아래쪽의 작은 책장이 구분하고 있다.

무대중앙 바로 왼쪽에는 작은 탁자와 의자 하나, 테이블이 딸린 소파가 놓여 있다. 소파 왼쪽에는 쿠션달린 발판과 담배케이스가 달린 팔걸이 의자가 놓여 있다. 담배케이스 위에는 파이프걸이와 재떨이가 놓여 있다. 퇴창이 달린 부분에는 키 큰 피아노와 전등이 서 있다. 피아노 위는 아이다의 가족사진들로 덮여 있다. 부엌 입구 아래쪽에는 장식용 그릇과 접시들이 가득하다.

막이 오르면, 아이다가 계단을 통해 거실로 내려온다. 초인종소리가 들린다. 문을 열어 주려고 가는데 부엌쪽에서 오븐의 타이머 소리가 들리자 부엌쪽으로 향한다. 다시 초인종 소리가 들린다. 다시 문쪽으로 되돌아 서려다 오른쪽이 더 중요하다는 판단을 내리고 부엌으로 들어간다.
다시 초인종소리.

아이다 :   (무대 밖에서) 가요. 갑니다.

(다시 초인종소리. 이이다 주방용 장갑을 낀 채 달려간다.)

아이다 :   가요. (초인종이 다시 울리는 가운데 현관 문쪽으로 가며) 간 다니까요!

(문을 연다. 루실이 긴 모피코트를 입은 채 들어선다.)

루 실 :   나쁜 놈 같으니!
아이다 :   무슨 일이야?
루 실 :   어떤 녀석이 퀸즈가에서부터 계속 쫓아오잖아.
　　　　　　눈빛이 날 아주 홀딱 벗겨 놓고 보는 것 같더라구.
아이다 :   또 쫓아왔어?
루 실 :   어쩌겠어. 내 팔잔 모양인데.
아이다 :   이번엔 누구야?
루 실 :   이름도 몰라. 금발에다가 키가 한 180? 182? 체중은 70kg?
　　　　　　체격은 근사하더라구. 초록색 눈에 얼굴은 갸름하구.
아이다 :   눈은 뒤에 붙었나. 어떻게 그리 잘 알어?
루 실 :   내 눈썰미야 알아주잖아. 그건 그렇구 어떻게 생각해?
아이다 :   잊어버리는 게 좋겠다구 생각해.
루 실 :   아니, 이 코트 말이야. 좀봐, 어쩜 그렇게 무심해?

아이다 : 오, 루실, 정말 이쁘다. 새 거야?

루 실 : 워낙에 옷걸이가 끝내주잖아.

아이다 : 그런데 밥 많이 먹어야 되겠다. 그거 입구 다닐려면.

루 실 : 맞춰봐. 얼마일 거 같애?

아이다 : 그런 정도면 적어도 3000은 줬겠는데.

루 실 : 아니!

아이다 : 더 싸?

루 실 : 훨씬.

아이다 : 그럼 2500? (루실 신나서 고개를 흔든다.)
설마 2000도 안 줬다는 얘긴 아니겠지?

루 실 : 1950

아이다 : 기절하겠네.

루 실 : 완전히 거저 주은 거지 뭐.

아이다 : 어디서 샀어.

루 실 : 맨하튼 57번가의 리츠할인매장 있잖아.
평소에는 쳐다도 안 봤거든. 싼 게 비지떡이라고 말야.
그런데 이번에 우연히 보게 됐는데, 뭘 봤겠어?

아이다 : 그 코트.

루 실 : 아니. 완전히 이 밑에까지 내려오는 갈색 여우털 코트.
죽여 주더라구. 그래서 들어가 입어 봤는데, 글쎄,
—너무 꽉 끼더라 —('꽉 끼더라'라고 말하려다 멈춘다.)
—짧더라구. 그래서 나오려다가 진열대를 봤는데…… 뭐가
내 시선을 끌었겠어?

아이다 : 그 코트.

루 실 : 표범가죽 재킷이 있는데, 그걸 보는 순간 심장이 얼어붙는 것
같았어. 하지만 그런 건 몇 번이나 입어 보겠어? 낭비인가 같
더라구.

아이다 : 나이도 생각해야지. 표범가죽 이 왠말이야. 그러면 그 밍크는 어디서 산 거야?

루 실 : 그래서 막 나오려는데 점원들이 새 물건들을 가져오더라구. 내가 발견한 게 뭔 줄 알아 ?

아이다 : 누가 알겠어?

루 실 : 이 코트.

아이다 : 아이고 이제 겨우 나왔구만.

루 실 : 그런데 문제가 있더라구.

아이다 : 무슨 문제?

루 실 : 다른 사람이 살려구 했던 거라잖아. 누군지는 모르는데 아무튼 키가 크고 흉하게 말라 가지고 전혀 '아니올시다' 뭐 그런 여잔가 봐.

아이다 : 그게 뭐 어째서. 이미 싸게 산 건데.

루 실 : 왜 그 여자가 이 코트를 포기했을까?

아이다 : 무슨 상관이야. 죽었는지도 모르지.

루 시 : 어머, 그 생각을 못했네. 그 여자 죽었을지도 몰라. 이 코트를 입은 채로 말이지. 코트를 걸치고, 길을 건너다가 차에 치었다. 어디 자국 난데 없어? (몸을 돌려 아이다에게 등쪽을 보여 준다.)

아이다 : 멀쩡해. 티끌하나도 없는데. 커다란 타이어자국밖에는⋯⋯

루 실 : 오!

아이다 : 농담이야. 아무것도 없어, 나도 한번 입어 볼까?

루 실 : 얼마든지 (루실, 코트를 벗어 아이다에게 준다. 아이다, 코트를 입는다.)

아이다 : 나 어때 보여?

루 실 : 너무 잘 어울린다.

아이다 : 나도 한번 볼까?

(아이다, 거울 쪽으로 달려가 비춰 본다. 루실이 그녀 뒤에 선다.)

루 실 : 정말 환상이다!

아이다 : (당황하며) 오……

루 실 : 내가 한번 찾아볼게. 똑같은 거 있나 말이야.
이렇게 밍크코트를 휘두르고 우리 둘이 시내에 나간 모습을
상상해 봐.

아이다 : 난 빼 줘.

루 실 : 이렇게 잘 어울리는데?

아이다 : 꼭 필요한 것도 아닌데 뭘. (코트를 벗어 건다.)

루 실 : 필요해서 밍크 사는 사람이 어딨어? 보온 밥통인가 ?
그냥 갖고 싶으니까 사는 거지.

아이다 : 갖고 싶지도 않아. 돈도 없구. 그런데 무슨 돈으로 샀어?

루 실 : 도시 채권이 만기가 됐더라구.

아이다 : 응. 축하해. 차 마시겠어?

루 실 : 좋지.

아이다 : 물 올려 놓을게.

(아이다, 부엌으로 들어간다. 루실, 코트를 옷장에 건다.)

루 실 : 오늘 여기 올려구 데이트도 취소했네.

아이다 : (무대 밖에서) 요즈음엔 또 누구야?

루 실 : 도널드라는 사람.

아이다 : 잘 생겼니?

루 실 : 미치게 만들 정도지. (무심한 척 아이다의 우편물을 바라본
다.)
그리구 신사야. 문을 열어 주구, 의자 끌어 주구, 데이트 비용

다 내구. 금요일 밤을 함께 보냈어. 저녁식사하고, 춤추고, 멋진 차로 센트럴 파크를 드라이브도 하고 말야.

아이다 : (다시 들어서며) 정말 낭만적인데.

루 실 : 밤새도록 혼자 내버려 두질 않더라구. 그런 남자는 처음이야.

아이다 : 그만해 둬.

루 실 : 그래.

아이다 : 언제 만나게 해 줄 거야?

루 실 : 곧 만나게 되겠지.

아이다 : 그렇게 수시로 바뀌는데 누굴 만나?

루 실 : 다음 주에 우리 함께 있으면 그 이더러 들리라구 할게.
그나저나 어떻게 되는 거야. 언제까지 이러구 청승떨 거야?
뭐 좀 낭만적이고 화끈한 거 없어?

아이다 : 그런 날이 오면, 제일 먼저 알려 드리죠.

루 실 : 같이 만나면 재미있겠다. 혼자서 두 남자는 못나겠어.

아이다 : 왜 두 남자가 너 하날 못 당하는 모양이지?

(함께 웃는다.)

루 실 : 아이다, 나 농담아니야. 함께 어울렸으면 좋겠어. 도리스야 어차피 틀린 거구.

아이다 : 그런데 애는 어떻게 된 거야? 벌써 열한 시가 넘었는데.
일찍 올거라구 생각했거든. 오늘은 도리스에게 중요한 날이잖아.

루 실 : 도리스한테 중요하지 않은 날이 어디 있어. 하여간 밤낮으로 그 모양이니. 악순환이지 뭐.

아이다 : 때론 그런 것도 중요한 거야.

루 실 : 난 벌써 끝냈어. 그렇게 연연해서 뭘해?

아이다 : 아무튼 오늘은 아무 소리마. 도리스가 남편 보낸 지 벌써 4년
이나 됐다는 게 믿어지질 않아.

루 실 : 그러면 오늘이 걔 남편 세상 뜬 날이야? 난 전혀 몰랐네.

아이다 : 뭔 아시겠나?

루 실 : 요즘엔 날짜 가는 것조차 모르겠어.

아이다 : 정신차려, 이 여자야.

루 실 : 가끔은 이제 이런 짓 다 그만 뒀으면 해.

아이다 : 루실.

루 실 : 정말이야.

아이다 : 하긴 나 자신도 모르겠어.

루 실 : 언니.

아이다 : 그런데 왜 이 모임에 계속 나오는 거야?

루 실 : 무슨 꿀단지라도 숨겨 놓은 모양이지.

아이다 : 난 지금 심각해.

루 실 : 함께 있는 게 좋으니까.

(아이다 미소짓는다.)

루 실 : 하지만 이제 좀 다른 것도 생각해 보자구.

(초인종이 울린다.)

아이다 : (문쪽으로 가며) 그 얘기, 오늘은 그만하지.

루 실 : 알았어. 입 다물고 있을게. 도리스 좋아하는 얘기나 하지 뭐.

아이다 : 넌 좋은 친구야.

루 실 : 제일 좋은 친구지.

(아이다가 문을 열어 준다. 도리스가 검은색 정장에 모자를 쓰고, 코트를 팔에 걸친 채 들어온다. 손에 작은 접는 의자를 들고 있다.)

아이다 :   어디 갔었니?
도리스 :   잘 있었어?

(서로 볼에 가볍게 키스한다.)

루 실 :   얼마나 걱정을 하고 있었다구.
아이다 :   왜 이렇게 오래 걸린 거야?
도리스 :   늦잠을 잤어.
아이다 :   오늘 같은 날 ?

(도리스와 루실 서로 키스한다.)

도리스 :   지난 밤에 잠을 설쳤거든. 그런데 묘지관리비청구서 받았어?
아이다 :   봄에 받은 거 말구?
도리스 :   그거 말구.
아이다 :   아니.
도리스 :   (루실에게) 넌 어떻게 됐니?
루 실 :   난 지난 봄 것도 아직 안 냈어. 아플 땐 적십자에서 오히려 돈
          을 주더니, 죽으니까 돈 내라는 건 뭐야.
도리스 :   너도 월요일쯤이면 받을 거야. 그나저나 뭐가 그렇게 올랐지?
아이다 :   또 올랐어?
루 실 :   그 사람들, 우리가 돈 안내면 어쩔려구 그러지. 묘지라도 파서
          옮길래나?

(차 주전자에서 물 끓는 소리가 들린다.)

도리스 : 차 내가 만들까?
아이다 : 앉아 있어. 내가 만들어 올게.

(아이다, 부엌으로 간다. 도리스, 코트를 걸고 루실과 함께 소파에 앉는다.)

도리스 : 요새 어떠니?
루 실 : 좋아. 넌 좀 달라진 거 같다.
도리스 : 체중이 좀 빠졌어.
루 실 : 살이 빠졌어?
도리스 : 응 조금. 오늘 날씨 어때?
루 실 : 좋더라.
도리스 : 좋아? 겨우 그거야. 오늘같은 날은 없었던 것 같애. 나뭇잎이 떨어지고, 단풍색깔은 어쩜 그렇게 곱지? 묘지도 정말 멋질 거야. 손질이나 잘 해놨는지 모르겠네. 지난달에는 관리인들하고 싸웠잖아. 담쟁이덩굴이 말라 죽은 걸 뻔히 보고 있는데도 매주 두 번씩 물을 준다고 거짓말을 하잖아.
루 실 : 그래 참 좋을 거야. 지금쯤은.
도리스 : 그럼 묘지는 가을이 제일 좋을 때거든…… 좋은 사람이 먼저 가서 그렇지.
루 실 : 누가 생각이나 했겠니? 4년 전 오늘 말이야.
도리스 : 기억하구 있구나. 넌 모를 줄 알았는데.
루 실 : 기억하지. 어떻게 잊어버리니? 해리가 죽기 꼭 1년 전이었는데.
도리스 : 그건 머레이지.

루 실 : 머레이가 누구야?

도리스 : 아이다 남편. 네 남편 가기 1년 전에 세상 떴잖아.

루 실 : 해리 전에 죽은 게 머레이인가?

도리스 : 그럼. 에이브는 머레이보다 두 해 먼저 가구.

루 실 : 그럼 해리는 니 남편가고 3년 뒤에 죽은 거구나.

도리스 : 그렇지.

루 실 : 그럼 머레이 전에 죽은 건 누구지?

도리스 : 죽긴 누가 죽어.

루 실 : 확실해?

도리스 : 그럼 확실하지. 에이브는 4년 전 오늘 죽었으니까.

루 실 : 글쎄 내 말이 그 말이야. 4년 전 오늘. 누가 잊어버리겠어? 좋은 사람이 너무 일찍 갔어.

도리스 : 모두 좋은 분들이셨지. 세 분 모두 지금 뭘 하실까?

루 실 : 카드 칠려고 한 사람 더 올 때 기다리겠지 뭐.

(함께 웃고 있을 때 아이다가 쟁반에 차와 쿠키 접시를 차려들고 들어온다.)

아이다 : 무슨 얘기가 그렇게 재밌어? (접시를 탁자 위에 올려놓고 컵을 나누어 준다.)

루 실 : 우리 서방님들 뭐하고 있나 생각중이야.

아이다 : 우리 그 인 느긋한 분이셨어. 지금쯤 앉아서 시가를 피우고 계실지도 모르지. 거기다 불똥이 떨어져서 구름담요를 태우고 말 걸.

루 실 : 가만 있어봐. 오늘이 일요일이지? 그러면 우리 남편은 아마 지금쯤 부동산 중계업소에 가서 열변을 토하고 있을 거야. 30년 전만 해도 파크가에 있는 갈색 석조건물을 고작 25,000

달러에 살 수 있었는데 어쩌구 하면서 말이야.

도리스 : 우리 그 인 산책 나가셨을 거야. 일요일에는 늘 산책하길 좋아하셨거든.

아이다 : 자 한심한 영감들을 위해 건배하자구.

(그들 모두 컵을 들어올려 건배하고 마신다.)

도리스 : 그런데 재미있는 얘기가 있어. 지난 주에 잡지를 읽었는데 어떤 여자가 죽은 사람하고 교신을 할 수 있다는 거야. 글쎄, 뭐래드라? 큰 탁자 주위에 손을 잡고 앉아서 말야.

루 실 : 강령술말이구나.

도리스 : 맞아 그거야. 죽은 사람들하고 얘기도 한대. 탁자 위에 죽은 사람 사진이나 물건을 올려 놓고 말이야.

루 실 : 그거 다 속임수야.

아이다 : 그런 얘기 많이 듣기는 했는데.

도리스 : 언제 한번 해 봐야겠어. 에이브와 만나서 얘기를 나눈다면 얼마나 신나겠어? 단 몇 분만이라도 말이야.

아이다 : 난 모르겠어. 우리 그이와 만나고 싶은 건지.

도리스 : 왜 안 만나고 싶겠어?

루 실 : 이상하잖아. 이제 떠난 사람들이야. 얘기 같은 것은 끝난 거라구.

도리스 : 이상한 건 한창 나이의 남자가 세상을 버린 거지. 결혼을 하고 사랑하는 남자와 평생을 함께 보내는 게 당연하잖아?

루 실 : "죽음이 우리를 갈라 놓을" 때 까지만이지.

아이다 : 나도 그이와 만나면 물어 보고 싶은 게 있기는 해. 내가 먼저 갔다면 어떻게 했겠느냐고 말이야. 그이가 재혼했을까 궁금하거든.

도리스 : 우리 그 인 절대로 그러지 않았을 거야.

아이다 : 옳다꾸나 기회다 했을지도 모르지. (루실에게) 네 남편은 어때? 재혼했을까?

루 실 : 난 관심없어. 내가 물어 보고 싶은 건 혹시 잊어버리고 말 안한 통장이 있지 않나 하는 것뿐이라구. 그가 재혼을 하든 말든 무슨 상관이야?

아이다 : 아, 그러고 보니 생각나네. 어떻게 이렇게 까맣게 잊어버리구 있었지. 오늘 아침 셀마하고 통화를 했는데.

루 실 : 그만 둬.

도리스 : 그 애 얘긴 하지도 마.

아이다 : 재혼한데.

루 실 : 또 해?

도리스 : 그 나이에.

아이다 : 무슨 소리야 너희들 그렇게 안 늙었다.

도리스 : 갠 늙었어.

아이다 : 나하구 동갑이야.

도리스 : 난 아니야.

아이다 : 지금 나이 얘기하자는 거야? 몇 달 후면 너도……

도리스 : 그만 해 둬.

루 실 : 도토리 키재기지. 언니들 싸우시 마세요.

아이다 : 넌 빠져. 주름이 자글자글 해 가지구.

루 실 : 어머 이게 무슨 소리야. 벌써 4년째 쉰 살이라구 버티는 게 누군데?

아이다 : 내가 언제 그랬니?

도리스 : 그랬잖아.

아이다 : 난 내 나이에 자부심을 느껴요. 어쩌다 이렇게 젊어 보이기는 하지만 말야.

루 실 : 맞어. 나도 언니 나이가 돼서 그렇게 젊어 보이면 좋을 텐데.

아이다 : 아니야. 너두 옛날에 나 같았어.

도리스 : (루실에게) 난 언니 나이까지만 살았으면 좋겠어.

루 실 : (도리스에게) 내 두 배는 늙어 가지구.

도리스 : (루실에게) 넌 나이를 거꾸로 세지?

아이다 : 아유, 이제 그만들 둬. 비긴 거로 하자.

도리스 : 좋아.

루 실 : 나두.

아이다 : 내가 어디까지 말했지?

루 실 : 셀마가 결혼한다구.

아이다 : 그래서 우린 모두 결혼식에 가겠다고 했어.

루 실 : 가긴 가야지.

도리스 : 걔 결혼식에 언제 우리가 빠진 적 있나?

아이다 : 없지. 그런데 이번엔 우리더러 들러리 서달랜다.

도리스 : 농담이겠지.

루 실 : 난 걔하고 그렇게 친하지도 않아.

도리스 : 지난번에 선 들러리들은 어쩌구?

아이다 : 똑같은 들러리 세우기 싫다는 거지. 재수가 없대나 어쩼대나. 아무튼 그 날 여기서 다시 모이는 거야. 옷 갈아 입고 같이들 가자구.

루 실 : 그러지 뭐.

도리스 : 그래.

루 실 : 그런데 식은 언제래?

아이다 : 다음달.

도리스 : 그렇게 빨리? 아놀드하고 만난 게 지난 여름인데?

아이다 : 아놀드가 아니야. 신랑 이름은 에드래.

도리스와 루실 : 에드가 누군데?

아이다 :　두 주 전에 만났다나 봐. 아무튼 죽자사자하는 모양이야.
　　　　　그런데 놀라지마. 성이 봉피글리아노래, 에드 봉피글리아노.

도리스와 루실 : 봉피글리아노?

도리스 :　유태인 이름이 아닌데.

아이다 :　유태인 아니야.

도리스 :　셀마 봉피글리아노 부인? 아놀드는 어떻게 된 거야?

아이다 :　죽었데.

루　실 :　그래서 이탈리아 남자와 결혼을 한다?

도리스 :　좀 자세히 말해 봐.

아이다 :　혼자 지내기가 무척 외로웠나 봐. 늘 그 큰 집에 혼자 있기가
　　　　　너무 적적하다고 그랬거든.

도리스 :　아무리 외로워도 그렇지. 웬 이탈리아 사람?

아이다 :　나야 모르지 뭐. 자기가 잘 생각해서 했겠지.

루　실 :　뭘 잘 생각해. 갠 내가 스타킹 바꿔 신는 것보다 더 자주 신랑
　　　　　을 갈아치우니.

아디다 :　사돈 남말하네.

루　실 :　데이트하는 것하고 결혼하는 것하구 다르지.

도리스 :　그건 그래.

루　실 :　그래 넌 언제 시작할 거야?

도리스 :　재촉하지 마. 그런 때가 오겠지 뭐. 너무 늦지 않게.

루　실 :　지금은 뭐 빨라서?

(도리스, 루실을 바라본다.)

루　실 :　미안해. 농담이야.

아이다 :　(컵을 쟁반 위에 놓고 부엌으로 향한다. 무대 밖에서) 밖에 추
　　　　　워?

루 실 : 그냥 조금 쌀쌀해.

도리스 : 정말 좋은 날씨야. 묘지도 좋을 거구. 에이브 무덤에 덩굴이 말라 죽었으면 오늘은 정말 관리인들을 끝장내 버리구 말겠어.

아이다 : (다시 들어오며) 괜찮겠지 뭐. 걱정 마.

(그들 모두 옷장에서 코트를 꺼내 입는다.)

루 실 : (코트를 뽐내며) 도리스, 이 코트 어때?

도리스 : 정말 근사한데.

루 실 : 얼마게?

도리스 : 그 정도면, 만일 재고품이고, 할인매장에서 좀 깎아 샀다면, 1,900달러?

(루실, 화가 나서 문을 열고 나간다. 도리스 접는 의자를 집어들며 아이다에게 미소를 짓는다. 그들이 나가자 조명이 나가며 문이 닫힌다.)

[2장]

묘지, 무대를 가로질러 무덤들이 줄지어 있고, 묘비의 줄이 관객들과 평행을 이루고 있다. 에이브의 무덤(도리스의 남편)은 무대 앞쪽 오른쪽에 있고 무대 안쪽을 바라보고 있다. 머레이(아이다의 남편)의 무덤은 무대 앞쪽 왼쪽에 있으며, 무대 앞쪽을 바라보고 있다. 해리(루실의 남편)의 무덤은 중앙의 무대 안쪽 오른쪽에 있으며 무대 안쪽을 바라본다.

앞면이 보이는 묘비에는 유태의 상징을 담은 유태어나 히브리어가 씌어 있다. 무대 앞면 중앙에 두 개의 글이 새겨진 돌기둥이 세워져 무대안쪽으로 길을 내고 있다. 무대 앞면 오른쪽에는 돌기둥과 에이브의 무덤 사이에 돌로 만든 벤치가 있다. 무덤들과 적어도 한 그루의 나무 사이에 (1막에서는 다채로운 색깔의 나뭇잎이 무성하다가 2막에서는 앙상한 가지로 변한다.) 풍성한 잡목과 아이비덩굴이 가득하다. (세 여자가 들어오는 지역 너머로 펼쳐진 듯한) 묘지 뒤쪽으로는 고속도로와 플러싱초원에서 열렸던 세계 박람회의 잔재들이 보인다. 더 너머로는 맨해튼의 스카이라인이 보인다(주: 묘지가 라과디아공항 부근의 퀸즈가 근처에 있어서 관객들은 머리 위로 비행기 소리를 들을 수도 있다.).

날씨는 도리스가 묘사한 대로 화창하다. 아직 그렇게 춥지는 않다. 나뭇잎은 멋진 색깔로 물들기 시작하고 있다. 도리스, 아이다, 루실이 들어온다. 도리스는 접는 의자를 들고 있다.

루 실 : 그 무덤 옆에 있는 멋진 사내를 정말 못 봤다는 말이야?

아이다 : 난 못 봤어.

루 실 : 내게서 눈을 못 떼더라구.

도리스 : (내용을 눈치채고) 정말 좋은 날씨지? 너무너무 아름다워. 성묘 끝나면 우리 여기서 만나자. 오늘이 에이브가 세상 뜬 지 꼭 네 해째가 되는 날이니까 모여서 얘기라도 하자구.

아이다 : 그러자꾸나.

루 실 : 그래.

도리스 : 이따 봐.(에이브의 묘지쪽으로 걸어간다.)

아이다 : (루실에게) 도리스가 그래도 잘 버텨 나가는 것 같애.

루 실 : 지난 해보다는 많이 나아졌어.

아이다 : 기억나?

루 실 : 어떻게 잊어버려? 잠깐 괜찮다가도 갑자기 서방 무덤 옆에 벌렁 누워가지고 "날 데려가"라고 소리지르고 그랬잖아.

아이다 : 이제 그건 끝난 것 같애.

루 실 : 그래야지 그럼.

아이다 : 그럼 나도 서방님한테 가 볼게.

루 실 : 내 안부도 전해 줘.

(두 사람 각기 다른 방향으로 걸어간다. 이 시점에 접는 의자 위에 앉아 있는 도리스에게 조명이 비춘다. 도리스는 에이브의 무덤을 덮고 있는 덩굴의 잎을 따내고 있다.)

※**노트** :　무덤이 무대 위에서는 가까이 배치되겠지만 세 여인이 시노의 모습을 보거나 들을 수 없도록 분명히 할 것.

도리스 :　맙소사 평생 관리해 준다더니. 아예 손도 안 대나 봐. 도대체 이 꼴이 뭐람. 그나마 한 달에 한 번이라도 오니 망정이지 그렇지 않았으면 정말 엉망이겠어.(핸드백에서 가위를 꺼내 덩굴을 잘라낸다.) 이렇게 가지를 치노라면 부엌에서 당신머리 잘라드리던 게 생각나요. 기억하세요? 옆을 조금만 더. 뒷머리도 조금만 더 치라구. 앞머리를 너무 자르지 말고, 가름마를 조금 안쪽으로 하구……

(머리의 무덤 앞에 있는 아이다에게 조명이 비춘다.)

아이다 :　도리스 말이 맞았어요. 참 아름다운 곳이에요. 이 곳보다 더 나은 곳을 찾을 수는 없었을 거예요. 참 우스워요. 이렇게 우리 세 사람이 이 곳을 찾아오니까 에이브, 해리 그리고 당신이랑 모두 함께 온 기분이네요. 예전처럼 말이에요. 여섯 사람이 함께 탔던 유람선도 기억나고요. 우리 여자들이 쇼핑하러 돌아다니는 동안 당신들은 돈내기 카드를 쳤죠.

(해리의 무덤에 있는 루실에게 조명이 비춘다. 루실 담배에 불을 붙인다.)

루 실 : 요즘 뭐 좋은 책 좀 읽었어요? …… 또 혼자서 수다를 떨어야 할 모양이군요. 좋아요. 늘 그랬으니까요. 당신이야 늘 똑같 죠 뭐.

(도리스 가지치기를 멈추고 가위를 백에 넣는다.)

아이다 : 여보, 가끔은 불안해요. 추억들이 너무 강하게 남아 있어서요. 정말 견디기 …… 모르겠어요.

도리스 : 가만 있자. 그 동안 무슨 일이 생겼더라? 아, 셀마가 또 결혼 을 한데요.

루 실 : 해리, 상황이 변할 수도 있었는데. 단지 시간이 필요할 뿐이었 어. 하지만 당신은 모든 게 너무 급했죠. 보통 사람들처럼 용 서할 줄도 몰랐구요. 당신은 뭐든 서둘러 댔어. 심지어 죽는 것까지도요.

아이다 : 루실을 보고 있으면 그 애 생각이 옳은 것 같을 때가 있어요. 그렇다고 내가 뭐 당장 어쩌겠다는 건 아니예요. 난 루실은 아니니까. 하지만 이렇게 인생을 끝내는 것도 옳은 것 같지 는 않아요.

루 실 : (슬프게) 조금만 더 시간이 있었더라면 모든 게 잘 해결될 수 있었을 텐데.

도리스 : 당신 요즘 누가 여자들 꽁무니를 쫓아다니는 줄 아세요? 글 쎄, 맥스 알죠? 맥스 골드버그. 일흔 여섯이나 되어 가지고 젊은 여자애들을 쫓아다닌데요. 그래서 내가 그 사람 부인한 테 물었죠. 어쩔 거냐구요. 그랬더니 뭐라는 줄 아세요? "일 흔 여섯이유. 꽁무니를 쫓아다니던 말던 무슨 상관이야! 강아 지들도 자동차만 보면 쫓아다니지. 그렇다구 강아지가 그 차 잡아서 운전할 수 있대?"

아이다 : 문제는 말이유 내가 남자 만나구 돌아다니다가 당신을 만나러 올 수 있을까?

루 실 : 그런데 여보 당신이 내게 사 준 이 코트 어때요? 끝내 주죠? 그렇죠?

도리스 : 오, 잊어버릴 뻔했네. 새로 사진을 찍었어요.

(도리스가 지갑에서 작은 사진을 꺼낼 때 60대 중반의 한 남자가 루실 곁을 지나간다.)

루 실 : 안녕하세요?

남 자 : 안녕하세요?

루 실 : 자주 오시나 보죠?

남 자 : (대답이 없다.)

루 실 : 그냥 해 본 소리에요.

도리스 : (에이브에게 사진을 보여 주며) 당신 손자 좀 보세요.

루 실 : 그런데 부인께서는 댁에 계시나 보죠?

남 자 : 집사람 찾아 여기 온 겁니다.

루 실 : 오. 멋있네요.

남 자 : 가 봐야겠습니다.

루 실 : 나도 가려던 참이에요. 같이 갈까요?

(퇴장)

아이다 : 내가 여기서서 넋두리하는 동안 당신은 뭘 하우?
당신이 게 서서 내 수다를 들으며 시가를 피우신다면……

도리스 : 가끔 손자녀석이 거실에서 장난감을 가지고 노는 모습을 봐요. 얼마나 열심인지!

아이다 : 당신이 거실에서 담배를 피운다고 내가 얼마나 바가지를 긁었게요. 아직도 가끔 집안 구석구석에서 당신의 시가 냄새를 맡아요.

도리스 : 하는 짓이 할아버지를 꼭 닮았어요. 당신도 뭔가를 고칠 때는 몇 시간이고 정신을 팔고 있었잖아요. 아직도 그런 당신 모습이 눈에 선해요.

아이다 : 벌써 두 해가 더 됐네요.

도리스 : 4년째에요.

아이다 : 가끔은 말이에요. 꼭……

도리스 : (미소 지으며) 당신이 바로 거기에 있는 것 같애요. (포즈)

아이다 : (슬프게) 당신이 바로 거기에 있는 것 같애요.
          만일 다음 달에 내가 못 오면요…… 안 오겠다는 건 아니지만, 혹시 못 오면요…… 화내지 않겠다고 약속하세요.

도리스 : 언제 우리 손주녀석을 한 번 데리고 올게요.

아이다 : 당신은 참 좋은 분이셨어요.

도리스 : 할아버지한테 인사를 드려야지요.

아이다 : 당신 같은 분은 아마 다시 없을 거예요.

(도리스, 사진을 치운다. 루실이 남자와 함께 머레이의 묘지 옆으로 들어온다.)

루 실 : 글쎄, 세금도 없이 1,950달러였다니까요.

남 자 : 참 좋은 코트군요.

루 실 : 이리로 오세요. 이 쪽은요.

남 자 : 아이다?

아이다 : 샘.

루 실 : 두 사람이 서로 아는 사이에요?

아이다 : 그럼. 이쪽은 샘. 세상에서 가장 훌륭한 정육점 주인이실 걸. 안녕하세요?

샘 : 네. 어떠세요?

아이다 : 저도 잘 지내요.

샘 : 네.

아이다 : 도리스도 왔어요. 벌써 4년이나 됐으니.

도리스 : 벌써 4년이라구요.

샘 : 제가 가 봐도 될까요?

아이다 : 그럼요. 반가와 할 거예요.

루 실 : 자, 제가 안내하죠.

(루실, 남자의 팔장을 낀 채. 세 사람이 도리스 쪽으로 걸어간다.)

아이다 : 오, 잠깐. 내가 깜빡 잊었네. (무덤쪽으로 달려가 작은 돌멩이를 주워든다.)

도리스 : 여보, 제가 어떻게 살아왔는지 아세요?

아이다 : 또 올 게요.

(아이다, 돌멩이에 키스를 하고 머레이의 묘비 위에 놓는다. 그리고 루실, 샘과 함께 도리스에게로 간다.)

도리스 : 여보, 여기가 아파요. 지난 4년 동안 고통이 사라지지를 않네요. 너무나 많은 것들이 그리워요.

(도리스가 몸을 앞으로 구부린다. 루실, 아이다, 샘이 다가온다.)

루 실 : (달려나가며) 빨리! 또 누우려나 봐!

도리스 : 뭘 한다구?! 누가 누워?! 돌멩이를 주우려는 건데. 내가 놀라
죽을 뻔했네. 샘. 안녕하세요?

샘   : 안녕하세요, 도리스?

도리스 : 만나서 반가워요.

샘   : 저도 부군께 인사를 올리고 싶어 왔습니다.

도리스 : 오늘이 벌써 네 번째 기일이에요.

샘   : 들었습니다.

도리스 : 잠깐만 조용히 서서 남편 생각을 했으면 해요. 마음 좀 가라
앉히게요.

아이다 : 그래, 우린 여기 가만 있을게.

도리스 : 친구들이 있어서 든든해.

루 실 : 이런 친구들이 어딨어?

샘   : 전 가 봐야겠습니다.

도리스 : 그러지 마세요. 에이브도 반가울 거예요.

루 실 : 혼자서는 못 가세요.

(루실, 샘을 끌어당겨 팔짱을 끼고, 모두들 조용히 서서 에이브의 무덤을
바라본다. 잠시 뒤 루실이 샘에게 다 들리게 속삭인다.)

루 실 : 요즈음엔 뭘 하세요?

샘   : (공손히) 쉿!

루 실 : (포즈) 오늘 저희들하고 함께 지내자구요.

아이다 : 루실.

루 실 : (포즈) 재미있을 거예요. 우리 말이죠 함께……

도리스 : 정말 어쩔 수 없는 애구나.

루 실 : 난 그냥 샘을 좀 편하게 해 주려고.

도리스 : 주책 좀 그만 떨어. 그래야 샘도 편할 거라구.

아이다 : 그래, 루실.

루 실 : 아니 도대체 얼마나 더.

도리스 : 힘들게 해서 미안해. 난 단지 4년 전에 죽은 남편 영전에 몇 분간만이라도 묵도를 올리려는 것뿐이야.

샘 : 아무래도 전 가야겠습니다.

아이다 : 당신 얘기가 아니에요, 샘.

루 실 : 꼼짝 말고 계세요.

도리스 : 너! 남자를 구하려면 다른 무덤으로 가 봐.

아이다 : 도리스.

샘 : 이거 저 때문에 — 안 되겠군요 — 전 그저.

루 실 : 내가 여기 왜 이러구 있는 거지? 이런 모욕을 당하면서. (에이브의 묘지를 향해 소리를 지르며) 잘 있어요! (루실, 쏜살같이 나간다.)

아이다 : 루실 !

샘 : 전, 정말.

도리스 : 오늘을 다 망쳐 놓고 말았어.

아이다 : 도리스.

도리스 : (의자를 접으며) — 거지 같은 게 —

샘 : 뭘 좀 두고 온 것 같군요.

도리스 : (나가면서 루실을 향해 소리친다.) 그 잘난 코트나 다 찢어져라!

아이다 : 도리스! (아이다, 그들을 쫓아 퇴장한다. 샘만이 에이브 무덤 앞에 서 있다.)

샘 : (에이브의 무덤을 향해) 정말 편히 쉬실 수 있게 됐군요.

(조명이 약해지며 샘도 퇴장한다.)

[3장]

아이다의 집. 늦은 오후.
문이 열리고 아이다가 세 개의 핸드백을 든 채 들이닥친다. 문을 열어 둔 채 그녀
는 거실로 들어와 두 개의 핸드백을 소파 밑에 감춘다. 문 쪽으로 돌아가 코트를
벗으며 밖을 향해 고함을 지른다.

아이다 :   안 들어오면 핸드백은 못 가져 갈 줄 알어.

(코트를 걸고 소파로 가서 앉아 잡지를 집어든다. 루실이 화를 내며 들어
와서는 의자 쪽으로 걸어가 앉는다. 도리스가 잠시 후 들어와 문을 닫고
는 의자를 손에 쥔 채 서 있다. 잠시 침묵이 흐르고 아이다가 잡지를 뒤
적인다.)

아이다 :   (고개를 들지 않은 채) 여기 이렇게 써 있는데 20년 넘도록
          친하게 지내온 두 친구가 지금 당장 화해하지 않는다면 난
          두 사람 모두 죽여 버리고 말겠어.
도리스 :   잘 읽어 봐. 이런 말도 있을 거야. 둘 중 한 친구, 그러니까
          헤프기짝이 없는 친구가 다른 친구 남편의 무덤에서 용서 못
          힐 짓을 했다구 말이야.
루 실 :   그 글 제목이 뭔지 알아? "도리스 무덤 속에 머리를 처박다.
          보이는 것은 오직 죽은 서방님뿐."
도리스 :   내 핸드백 빨리 돌려 줬음 좋겠어.
아이다 :   이 문제가 원만히 해결되지 못한다면 누구도 못 가져가.
도리스 :   해결 안 된 게 뭐가 있어? 이제 다시는 말할 필요도 없으니까
          문제될 게 없다구.
아이다 :   (루실에게) 왜 사과하지 않니?
루 실 :   내가 왜 사과를 해? 마음에 드는 남자에게 호의를 좀 보인 것

도 죄야?

도리스 : 남의 남편 무덤을 무슨 독신자 클럽으로 만들어 놓은 게 누
군데?

아이다 : 그게 무슨 소리야? 누가 마음에 든다구?

루 실 : 너도 봤잖아. 그 남자 나한테서 눈을 못 떼더라구.

아이다 : 보긴 뭘 봐?

루 실 : 정말이라니까.

도리스 : 아이다. 긴 얘기할 거 없어. 난 4년 전 오늘 죽은 내 남편 무
덤 앞에서 잠시 침묵의 순간을 가지려던 것뿐이었으니까.

루 실 : 정신차려. 네 남편이 어제 죽었니? 벌써 4년이나 됐다구.

도리스 : 난 그런 식으로 여지껏 버텨 왔어.

루 실 : 좋아. 그러니 앞으론 난 상관말고 계속 그렇게 살라구.
오늘부로 난 공식적으로 이…… 이…… 묘지클럽에서 탈퇴하
겠어.

아이다 : 루실.

루 실 : (코트를 벗으며) 난 진심이야. 언제까지 그 무덤들을 끌고 다
녀야 해?
회원의 절반이 죽어 버린 클럽이 무슨 의미가 있어?

도리스 : 말도 참 끔찍하게 하는구나.

루 실 : 그게 사실이니까.

도리스 : 아니야. 그렇지 않아.

루 실 : 그렇지 않으면 뭐니? 점호라도 쳐봐. 가고 3명 아냐?

도리스 : 그래서 매달 우리가 찾아가는 거잖아.

루 실 : 탈퇴한 회원 찾아다니느니 차라리 새 회원을 찾아보는 게 낫지.

도리스 : 정말 못 들어주겠군. 아이다 언니, 무슨 말 좀 해 봐.

(아이다가 대꾸가 없다.)

도리스 : 언니.(대답 없다.) 아이다!

아이다 : (포즈) 이제…… 이제 그만둬야 될 때가 됐나 봐.

도리스 : 지금 무슨 소리하는 거야?

아이다 : 잠시 동안만…… 냉각기가 필요한 것 같애.

도리스 : 언니. 지금 제 정신으로 하는 말이야?
(루실에게) 너 때문이야. 다 너 때문이라구.
(아이다에게) 얘는 전혀 도움이 안 되는 애라구.
(루실에게) 니가 아이다 언니에게 그만 두자고 했니?

루 실 : 난 그런 적 없어.

도리스 : 거짓말 말어!

아이다 : 루실이 그런게 아냐. 도리스 우리를 좀 봐. 머레이가 죽은 지
2년이야. 에이브가 간 지는 벌써 4년이구. 더 이상 어떻게 해
야 하니? 영화란 영화는 다 보구, 카드는 도사가 됐어. 그이
의 묘지는 손바닥을 드려다 보듯이 티끌까지도 알구 있구.
우리가 묘지에서 보낸 시간이 얼마나 되는지 알아?

루 실 : 나도 좀 물어 보자. 도리스, 다시는 남자를 못 느낄 것 같니?

도리스 : 너…… 못들은 것으로 하겠어.

루 실 : 살아 있는 남자를 만나.

도리스 : 그이와 난 한 목숨이었어.

아이다 : 알아……

도리스 : 우린…… 다른 남자에겐 줄 게 없어. 그이에게 다 줘 버렸으
니까. 지금도 그렇구. 한 달에 한 번이라도 그이에게 그 사실
을 알려 주고 싶어.

아이다 : 하지만 재혼한다구 해서 죽은 남편을 사랑하지 않은 건 아니
잖아. 지금 우리가 사랑만으로 살 수는 없는 거니까.

도리스 : 당분간은 누구에게도 마음을 열 수 없어. 얘긴 끝난 거라구.

루 실 : (아이다에게) 언닌 어쩔 거야? 지금 우리가 할 수 있는 건 나

가서 판을 벌이는 거라구.

아이다 : 무슨 판?

루 실 : 먼저 누구하구든 데이트를 해야 할 거 아니야.

도리스 : 정말 저질이야.

아이다 : 난 어떻게 해야 할지 모르겠어.

루 실 : 자전거 타는 거나 마찬가지라구. 한 번 배우면 안 잊어버리는
거야.

도리스 : 정말 한심한 대화로군.

루 실 : 너한테나 그렇지.

도리스 : (코트를 걸치며) 갑자기 샘인지 뭔지 플레이보이 정육간 집
주인이 나타나더니 둘다 미쳐 버렸어.

아이다 : 도리스……

도리스 : 이 인간은 그럴 줄 알았어. (루실을 가리킨다.) 하지만 언
닌…… 언니는…… 어쩜 그럴 수가 있어?

아이다 : 도리스, 흥분할 거 없어. 누구도 미친 사람은 없어. 그저 대화
를 나누는 것뿐이라구. 그리고 샘은 바람둥이가 아니야.

도리스 : 아니야? 그럼 그 작가가 묘지에 뭘하구 있었던 거지?

아이다 : 뭘 하구 있다니. 자기 부인 무덤에 간 거잖아.

도리스 : 하! 1년도 넘게 부인무덤에 가 보지도 않던 사람이야. 거기에
간 이유는 하나뿐이라구. 여자를 꼬실려는 거지.

아이다 : 바보 같은 소리 그만 좀 해.

도리스 : 바보 같애? 로즈 제이큐스 얘기 못들었어?

아이다 : 로즈가 왜? 지금 남편을 묘지에서 만났데?

도리스 : 죽은 남편 무덤 바로 옆에서.

아이다 : 난 그런 타입이 좋더라.

도리스 : 실비아 그린은 또 어떻구. 어디선 줄 알아?

루 실 : 실비아 그린?

도리스 :   (아이다에게) 내 말이 거짓말 같아?
          (아이다 대답하지 않는다.)
          남편 비석 세우던 날부터래. 상중에 그 모양이 됐다더군. 그
          날 밤부터라니까.
아이다 :   설마 그렇게 빨리!
도리스 :   시간이야 정확히 모르겠지만 장소는 분명해. 바로 그 묘지에
          서라구.

(벨이 울린다. 아이다가 문을 열자 샘이 갈색 종이백을 들고 들어온다.)

아이다 :   샘.
샘   :   아이다.
루 실 :   안녕! 샘.
샘   :   (예기치 못한 듯) 오, 로니 안녕하세요?
루 실 :   로니가 아니고 루실이에요.
샘   :   루실. 미안합니다. 기억력이 신통치 않아서 특히 이름은
          통……
          (도리스를 발견하고) 도리스, 안녕하세요?
도리스 :   (알면서도 짐짓 경멸스러운 듯) 안녕하세요, 샘.
샘   :   전, …… 세분이 모두 여기 계시리리구는 생각지 못했어요. 나
          중에 다시 오죠.
아이다 :   아니예요. 어서 들어오세요.
샘   :   (어색하게) 전…… 먼저 부인께서 닭고기가 필요하시다고 한
          게 기억이 나서 금요일 날 좀 준비를 해 뒀죠. 근처니까……
          들려서 드리고 갈려고.
아이다 :   너무 고마워요.
샘   :   그럼 놓고 가겠습니다.

아이다 : 무슨 말씀이세요.(문을 닫으며 종이백을 받아 든다.) 막 차를
          끓이려던 참이었거든요. 차라도 한 잔하고 가셔야죠.

(부엌으로 퇴장)

루 실 : (샘의 코트를 받아 옷장에 넣는다.) 직접 배달도 해 주시고,
          여자한테만 특별히 친절하신 거 아니예요?
샘 : (도리스에게) 묘지에서는 죄송했습니다. 괜히 끼어들어서……
루 실 : 그런 말씀 마세요. 새로운 친구를 사귀는 게 좀 좋아요?

(샘을 소파에 안내하고 곁에 앉는다.)

샘 : 제가 세 분의 귀중한 시간을 망쳐 놓았다는 느낌이 들더군요.
루 실 : 특별할 것도 없어요. 매달 가는 걸요.
샘 : 매달요?
루 실 : 그 쪽도 묘지에 가는 걸 좋아하시는 것 같던대요?
샘 : 때론 가야 할 필요를 느끼죠.
도리스 : 물론 그러시겠죠.
아이다 : (쿠키접시를 들고 들어온다.) 무슨 얘기들을 하시나?
루 실 : 때론 묘지에 갈 필요를 느낀다는 얘기.
아이다 : (놀라며) 그랬어?
루 실 : (갑자기) 좋은 생각이 떠올랐어.
아이다 : 무슨 생각인데?
루 실 : 샘도 사랑하는 부인의 묘소엘 가셔야 하니까 말야. 부인 성함
          이……
샘 : 메르나.
루 실 : 메르나 부인. 그러니까 우리 다음 달에는 네 사람이 함께 가

는 거야.

샘　　　: 　전……

아이다 :　다음 달엔 안 가기로 했잖아.

샘　　　: 　전……

도리스 :　세 사람만 가기로 한 거잖아.

샘　　　: 　전……

루　실　:　(도리스에게) 그런 규칙 누가 만든 거야?

샘　　　: 　잠깐만, 전 언제 다시 갈 지 아직 모릅니다. 말씀은 고맙습니
　　　　　다만.

아이다 :　사실 우린 다음달 엔 가지 않으려구 했거든요.

도리스 :　난 아니야.

아이다 :　이젠 그만 가야 하는 게 아닌가 하고 의논 중이었어요.

루　실　:　이젠 묘지엔 그만 가구 판을 벌려야 할 때라구 말이에요.

샘　　　: 　판을 벌려요?

도리스 :　(샘에게) 잘 아시면서.

루　실　:　제 말은요. 이제 무덤 앞에서 궁상떠는 거 그만두고 데이트를
　　　　　시작하자 그거죠. 오시기 전에 그걸 상의하던 중이었다구요.
　　　　　어떻게 생각하세요?

(세 여인 모두 샘에게 돌아선다. 모두 샘의 대답에 관심을 보인다.)

샘　　　: 　(불안한 듯, 말을 골라가며) 전…… 제 생각엔…… 각자가 옳
　　　　　다고 생각하는 걸 하셔야 하는 거죠. (도리스에게) 또 어떤
　　　　　사람에겐 그게 옳기도 하겠죠.
　　　　　(재빨리 화제를 바꾸며) 과자가 정말 맛있어 보이는군요.

아이다 :　좀 들어 보세요. (쿠키를 하나 집어들고 먹는다.)

루　실　:　(재촉하듯) 그 쪽은 어떤 쪽이에요.

아이다 : 루실.

샘 : 아니요, 괜찮습니다. 전…… 이제 움직여 볼 때라고 생각합니다.
　　　물론 가끔 성묘는 해야겠죠. 하지만 이제 새로 삶을 시작해야 합니다. 새로운 인생의 장을 써야 하지 않겠어요?

루 실 : 좋은 말씀이세요.

도리스 : (샘에게) 쓰시기 전에 말이죠, 그만 써야 하는 때도 있다는 생각은 안 하세요? 이제 그냥 앉아서 다시 읽어야 하는 그런 때 말이에요.

샘 : 말씀드렸듯이, 각자 생각이 있는 거니까요.

루 실 : 맞아요. 어떤 이는 읽고, 어떤 이는 쓰고. (샘에게)

도리스 : (루실을 바라보며 경멸스럽다는 듯이) 잠깐 실례하겠어요.

(도리스 일어나서 윗층 화장실쪽으로 퇴장. 남은 세 사람은 어디서부터 대화를 시작해야 할지 몰라 잠시 어색해한다.)

샘 : (아이다에게) 그런데 어쩌면 그렇게 늙지를 않으십니까?

아이다 : 오.

루 실 : 어떤 사람에게는 세월이 비켜간다니까요. 절 보세요. 옛날 같지 않다니까요. 사람들이 그러는데 1년 전보다 오히려 더 젊어 보인다나요.

(차 주전자가 소리를 낸다.)

아이다 : (루실에게) 이번엔 니가 차 좀 끓여와.

루 실 : 이 쪽이 외로우실 텐데.

(아이다, 루실을 바라본다.)

루 실 : 그래 끓여올게. (부엌쪽으로 가다가 돌아선다. 장난스럽게)
두 사람 얌전히 있어야 돼요. (퇴장)

샘 : 참 대단한 분이세요.

아이다 : 그렇게 생각하세요?

샘 : 대단히 활달하신 분인 것 같습니다.

아이다 : 그래요, 수줍음 같은 것 전혀 모르는 스타일이죠.

샘 : 이상하게 전에 어디서 뵀던 것 같은 생각이 듭니다.

아이다 : 그러셨을지도 몰라요. 워낙 사람을 쉽게 사귀니까. (포즈) 오
늘도 그렇잖아요?

샘 : 장소를 가리지 않으시더군요.

아이다 : 워낙 두드러지는 성격이에요.

샘 : (포즈) 그런데…… 듣기론 셀마 부인께서 재혼을 하신다
구……

아이다 : 그래요.

샘 : 결혼식에는 가실 건가요?

아이다 : 그걸 놓칠 수야 없죠. 절대루. 가실 거예요?

샘 : 그럼요. (포즈. 불안스럽게) 그러면…… 저…… 부인께서도 가
시고…… 또 지도 기니까…… 차 한 대로 가두…… 제가 모
시구 가면…… 셀마 부인의 결혼식에 말입니다.

(도리스, 샘의 등 뒤쪽에서 보이지 않게 들어서다가 이 말을 엿듣는다.)

아이다 : 샘. 그러니까 …… ? (도리스를 보고는 말을 멈춘다.)

도리스 : 내가 방해했나?

아이다 : (과장되게) 셀마 결혼식 얘기야?

샘 : (도리스에게) 가실 건가요?

도리스 : (털썩 주저 앉으며) 전 아직 결정 못했어요.

아이다 : 물론 도리스도 갈 거에요.

도리스 : (무관심한 듯) 물론 저도 가긴 가야죠.

루 실 : (차를 들고 등장) 자 티타임이에요.
(쟁반을 내려 놓으며) 나 없는 동안 무슨 얘기 했어?

도리스 : 아이다에게 물어 봐.

아이다 : 셀마 결혼식.

루 실 : 정말 그 날이 기다려져. (차를 따르며, 샘에게) 밀크 넣을까요?

샘 : 네 설탕은 안 넣습니다.

루 실 : (샘에게) 가실 거죠?

샘 : 네. 결혼식 때마다 갔죠. 마치 무슨 재회의 모임 같더군요. 잠
깐, 이제 어디서 뵀는지 알겠어요. 지난번 셀마 결혼식에 갔
었죠?

루 실 : 한 번도 안 빠졌어요.

샘 : 어쩐지 낯이 익다 했습니다. 여태 못 알아보다니.

루 실 : 그 때완 많이 달라졌죠. 그 때만 해도 아직 남편이 살아 있었
으니까.

도리스 : (샘에게) 해리를 아세요?

샘 : 아니요.

도리스 : 1년 반 전에 돌아가셨죠. 루 그린의 비석을 세우기 얼마 전에
말이에요. 언니도 기억나지?

아이다 : 그럼.

도리스 : 실비아는 미친 애야.

아이다 : 도리스.

도리스 : 죽은 남편 비석도 채 세우기 전에 그 꼴이······

아이다 : 누구 과자 좀 더 드실래요?

루 실 : (도리스에게 배부르다는 듯이) 오늘은 이제 더 못먹겠어.

샘 : 이렇게 맛있는 과자를 두고 어떻게 참을 수 있는 거죠.

(아이다에게) 이렇게 훌륭한 과자를 먹어 본 게 얼마만인지 모르겠어요.

도리스 : 벌거 아니예요. 만들기 쉬워요.

샘 : 부인께서는 그렇겠죠.

아이다 : 좋으시다면 제가 좀 드릴 테니 가져가세요.

샘 : 아닙니다. 그럴 수는 없죠.

아이다 : 괜찮아요. 많이 만들었는 걸요. 손자 녀석들 줄려고 많이 만들었는데 아직도 지난 번 것이 남았다지 뭐에요. 가시기 전에 제가 백에 담아 놓을께요.

도리스 : 차도 좀 싸드리지 그러셔? 보온병에라도 넣어서 말야.

샘 : 차라면 저도 끓일 수 있습니다. 유일하게 만들 수 있는 음식이죠.

(샘이 웃는다. 루실도 덩달아 웃다가 멈춘다. 샘은 계속 웃다가 어색한 듯 멈춘다. 포즈)

아이다 : 오늘 정말 날씨는 참 좋지?

루 실 : 좋은 생각이 있어. 우리 넷이서 말야 밖에서 나가 산책이라도 하면 어떨까? (서서) 도리스 넌 어때? 니 남편을 기념해서 말이야. 일요일이면 늘 산책하곤 했다면서.

도리스 : (서서) 그럼 산책이나 해 볼까?

아이다 : 두 사람이나 다녀와. 오늘은 그만하면 신선한 공기는 실컷마셨으니까.

샘 : 저도 여기서 차나 마저 마시겠습니다. (아이다에게) 괜찮으시다면……

아이다 : 그러믄요.

도리스 : (다시 주저 앉는다.) 나도 밖에 나갈 기분은 아니야.

아이다 : 아니야 다녀와. 두 사람이 함께. 기분이 나아질 거야.

루 실 : (앉으며) 그냥 있을래. 카드놀이나 하자. (샘에게) '점잖은 아이다 부인'께서 카드놀이하는 모습은 못 보셨죠?

아이다 : (단호하게) 카드칠 기분 아니야. 그만들 가. 내일 이야기하자구.

루 실 : (불쾌해져서) 알았어! (루실, 일어나서 코트를 입는다. 도리스, 아이다를 바라본다.)

도리스 : 우리 백은 어디 있지?

(아이다, 소파 밑으로 손을 뻗어 두 개의 핸드백을 끄집어 낸다.)

샘 : 백을 소파밑에 두시나요?

아이다 : 어떤 이는 금고 속에 넣어두지만 우린 소파 밑에 감춰 두죠. (아이다가 도리스에게 핸드백을 건네 준 뒤 도리스가 코트를 입는 동안 루실에게 백을 준다.)

샘 : (루실에게) 만나서 반가웠습니다. 또 뵙죠.

루 실 : 저두요.

샘 : (도리스에게) 만나서 즐거웠습니다.

도리스 : (건성으로) 네……

샘 : 제가 불편을 끼쳤다면 사과드리겠습니다.

도리스 : 그런 게 아니구…… (도리스, 그에게서 몸을 돌려 문쪽으로 간다. 아이다, 문을 열어 준다.) 금방 다시 돌아올지도 몰라.

아이다 : 아니, 너희 둘이나 즐겁게 지내. 내일 전화할게.

루 실 : 그래. 내일 얘기하자구.

(도리스와 루실 퇴장한다. 아이다, 그들이 나가고 문을 닫는다. 샘과 아이다 둘만 서 있다. 꽤 오랫동안 어색함을 느끼며 서 있다.)

아이다 : 일부러 와 주셔서 고마워요. 고기가 아주 좋더군요.

샘 : (인사하며, 장난하듯 활달하게) 뭐 별거 아닙니다. (포즈)

아이다와 샘 : 그런데…… 그런데…… (그들은 어색하게 웃는다.)

아이다 : (화제거리를 찾으며) 사업은 어떠세요?

샘 : 그럭저럭 되어 갑니다.

아이다 : 잘됐군요.

샘 : 네.(포즈. 얘기거리를 찾다가) 폐나 끼치지 않았는지.

아이다 : 폐는요!

샘 : 잘은 모르지만 요즘 애들은 빠릿빠릿하질 못한 것 같아요. 모두 병아리 오줌들 같아서. 지금 데리고 있는 애는 꼭 기저귀에서 갓 빠져나온 애 같다니까요. 하지만 젊은 건 역시 좋은 거죠. 우리 같은 사람들은 이제 한물 간 느낌이에요.

아이다 : 그렇기도 해요.

샘 : (포즈) 집이 참 좋군요.

아이다 : 고마워요.

샘 : (피아노를 보며) 피아노도 치세요?

아이다 : 조금요. 애들 땐 누구나 배우잖아요.

샘 : (피아노 위에 놓인 사진틀들을 보며) 훌륭한 가족들이시군요.

아이다 : 벌써 손주가 다섯이에요.

샘 : 저도 이제 곧 손주를 보게 됩니다. 부인께 조언을 구해야겠군요.

아이다 : 조언은요, 무슨. 그저 편안하게 앉아서 재롱떠는 모습을 바라보기만 하면 된다구요. 저희 엄마, 아빠한테 하는 모습을 바라보면서 웃어 주기만 하면 되는 거죠.

(샘, 웃는다. 그의 시선이 한 사진에 집중된다. 아이다가 알아챈다.)

아이다 :   남편과 제가 결혼 25주년 때 찍은 사진이죠. 콩코드기 안에
　　　　　서 찍은 거예요.

샘 :   제 아내와 전 그로스상거에서 25주년을 보냈죠. 결코 잊지 못
　　　　할 겁니다.

아이다 :   좋은 추억을 갖는 것은 아름다운 일이죠.

샘 :   좋은 추억은 아니었답니다. 복식으로 테니스를 치다가 내가
　　　　심장마비가 와서 네트에 고꾸라지고 말았죠. 그게 25주년 선
　　　　물인 셈이었어요. 덕분에 편히 쉬기는 했지만 말입니다.

(아이다 웃는다. 파이프걸이 옆에 놓인 그의 컵에 손을 뻗는다.)

샘 :   (파이프걸이를 보며) 부근께서도 담배를 피우셨던가요?

아이다 :   저녁식사 후에만요. 다른 때는 안 피우셨죠. (포즈. 화제를 돌
　　　　　리며) 차 좀 더하시겠어요?

샘 :   앉으세요. 제가 가져오죠.

(아이다, 소파에 앉는다. 샘이 두 잔에 차를 따른다. 혼자 웃는다.)

아이다 :   왜 웃으세요?

샘 :   실비아 그린이 생각이 나서요. 도리스 부인 말씀을 듣고 생각
　　　　이 났어요.

아이다 :   뭐 재미있는 일이 있었나요?

샘 :   아실지도 모르겠네요. 워낙 좁은 바닥이니까.

아이다 :   (금시초문인 듯) 뭘 말씀이죠?

(아이다가 소파에 자리를 내주지만 샘은 부끄러운 듯 팔걸이 의자에 앉는다.)

샘 : 얼마 전에…… 데이트를 했죠.

아이다 : 그러세요?

샘 : 뭐 굳이 말하자면 그렇죠. 모든 게 엉망이었습니다만 비석 세우던 날부터였어요.

아이다 : 비석이요?

샘 : 좀 심했다 싶을 수 있을 겁니다. 그게 모두 제 아들 리치 때문이죠. 아내가 죽은 뒤, 아들 녀석이 절 혼자 두려고 하질 않았어요. 재혼을 하라고 난리예요. 아마 홀아비가 된 아버지를 부양할 일이 끔찍했던 모양이에요. 내게 무슨 '동반자'란 말을 쓰더군요. 여생을 같이 할 사람 말이죠. 어쨌든, 아내와 사별한 지 몇 달 뒤 나도 누군가를 찾을 수도 있으려니 생각이 들더군요. 그래 나서기 시작했죠. 매번 엉망이 되고 말았습니다. 상대방 잘못은 아니었어요. 모두가 제 잘못이었죠. 제가 사사건건 죽은 아내와 비교를 했으니까요.

아이다 : 그건 잘 못 하셨군요.

샘 : 그래요. 제 마지막 데이트가 실비아와의 데이트였죠. 저녁식사를 하러 나갔습니다. 잘 해 볼 결심을 하고요. 죽은 아내와 내가 한 번도 간 적이 없는 레스토랑을 골랐죠. 주얼가에 있는 마제스틱 레스토랑이라구 아세요?

아이다 : 마제스틱 …… 거기면 실비아의 남편이 심장마비를 일으켰던……

샘 : 바로 그 곳이었어요. 누군들 생각이나 했겠나요? 레스토랑 앞에 차를 세우는 순간, 갑자기 실비아가 비명을 지르기 시작하는 거에요. "다른 곳으로 데려다 줘요." 하면서 말이죠. 한

시간 남짓 차를 타고 돌아다녔죠. 그녀가 좀 안정이 되는가 싶었는데, 이번엔 내가 또 죽은 아내 생각이 들더라구요. 우리 두 사람은 모두 안 되겠다 싶어졌어요. 그리곤 다신 못 만났어요. 그런 일이 없었더라도 서로 맞지 않은 사람들이었겠지만 말이죠. 종종 얘기는 나눕니다. 훌륭한 여성이구 좋은 친구죠. 오. 제 아들 녀석에게는 비밀입니다.

(함께 웃는다. 포즈)

샘 : 아내가 죽고, 그렇게 서둘지 말았어야 했어요. 무슨 맘에서 그랬는지 모르겠어요. 누군가를 잃고, 그것도 가까운 사람을 잃고, 전에는 꿈도 꾸지 못하던 짓을 어떻게 그리 뻔뻔스럽게 할 생각을 했는지⋯⋯

아이다 : (고백하듯) 난 요리를 했어요. 꼭 미친 여자처럼요. 밤낮으로 음식을 만들었죠. 남편이 떠나고 한 달쯤은 부엌 밖으로 나가지도 않았던 것 같아요. 식당개업을 해도 괜찮은 정도였다니까요. 그인 제가 만든 음식을 좋아했죠. 제 음식 때문에 일 끝나고 곧장 집으로 돌아온다고 할 정도였으니까. 그래서 미친 듯이 음식을 만들었죠. 그러면 그 이가⋯⋯ (말을 끊는다. 포즈) 요즘엔 안 그래요. 손주녀석들 줄려구 가끔 과자를 굽는 정도죠.

샘 : 손주들이 할머니를 무척 따르는 모양이군요.

아이다 : 그럼요.

샘 : 좋은 일입니다.

(아이다가 샘을 위해 차주전자를 든다. 샘이 일어나서 잔에 받은 후 아이다 곁에 앉는다.)

아이다 : 요즈음 묘지에 자주 가셨나요?

샘 : 아뇨. 그렇진 않았습니다.

아이다 : 오늘은 왜 가신 거예요?

샘 : 이번 주가 아내와 결혼한 지 40년이 되죠. 가 봐야겠다는 느낌이 들더군요.

아이다 : (안도하듯) 다른 이유는 없으셨군요?

샘 : 그 곳에서 옛일을 더듬고 있었죠.

아이다 : 세월이 참 무상해요.

샘 : 무릎 꿇고 구혼하던 게 엊그제 같은데. 그 사람 묘지 앞에 서 있자니 참 허무하더군요. (슬프게 회상한다.) 눈 깜박할 새에 사십 년이 흘렀어요. (포즈, 다소 어색해지며) 가 봐야 겠습니다.

아이다 : 백을 가져올 게요. 과자 남은 것 좀 가져가시구요.

샘 : 그러시지 않아도 되는데.

아이다 : 제가 드리구 싶어서 그러는 건데요.

(아이다, 부엌으로 퇴장. 샘, 급히 옷장에서 코트를 꺼낸다.)

아이다 : (무대 밖에서) 늦게 끝날까요?

샘 : (불안한 듯) 뭐가 말입니까?

(아이다, 작은 플라스틱 백을 들고 들어와 얘기를 하며 남은 과자를 넣는다.)

아이다 : 셀마 결혼식 말이에요.

샘 : 오…… 글쎄요.

아이다 : 도리스와 루실에게는 저희들끼리 가라고 할게요.

샘   :   함께 가시려고 하지 않았나요?

아이다 :   그랬어요. 하지만 우리가 함께……

샘   :   그러면 제가 공연히 방해를, 그럴 수야 없죠.

아이다 :   괜찮을 거예요.

샘   :   (결심한 듯) 친구분들과 함께 가시는 게 좋을 겁니다.

아이다 :   (주춤한다. 마음이 상한 듯) 오…… 그러죠 뭐…… 상관없어
           요…… (그에게 백을 넘겨준다.)

샘   :   고맙습니다. (함께 문쪽으로 걸어간다. 서서 상대를 바라본다.
           어색한 분위기) 즐거웠습니다.

아이다 :   네.

샘   :   다시 뵀으면 합니다.

아이다 :   그럼요…… 기회가 있겠죠.

샘   :   안녕히 주무세요.

아이다 :   조심해 가세요.

(샘 퇴장. 아디다 문을 닫고 천천히 방으로 돌아온다. 방을 치우기 시작
한다. 잠시 후 초인종이 울린다. 아이다가 문쪽으로 가서 문을 연다. 샘
이다. 현관에 서서 사무적으로 빠르게 얘기한다.)

샘   :   저, 괜찮으시다면 제가 모시구 갔으면 합니다.

아이다 :   좋아요.

샘   :   좋습니다. 그러면 안녕히 주무십시오.

(번개같이 퇴장한다. 아이다 문을 닫고 미소를 짓는다. 다시 돌아와 치우
려는데 초인종이 또 울린다. 아이다가 문을 연다. 샘이다.)

샘   :   (용기를 내어) 저…… 생각해 봤는데…… 결혼식이야 얼마 안

걸릴거구…… 그러니 괜찮으시면…… 그러니까…… 저……
함께…… 금요일날…… 영화구경 가시겠습니까?

아이다 : 좋은 생각이에요.

샘 : 그러세요?

아이다 : 네……

샘 : (용기를 더 내며 그러나 불안스럽게) 그리고 저녁식사도, 영화
를 보고 그리고 식사를 하죠. 시장하시면, 식사를 먼저하고
영화구경을 해도 괜찮구요……

아이다 : 아무래도 좋아요.

샘 : 좋습니다. 그럼 안녕히 주무십시오.

아이다 : 안녕히 주무세요.

(샘, 퇴장한다. 아이다가 문을 닫고 미소 짓는다. 조명 페이드 아웃)

[4장]

묘지. 에이브의 무덤. 늦은 오후. 도리스 무덤 위의 덩굴가지를 다 치고 난 후 접
는의자에 앉는다.

도리스 : 소송이라도 걸어야 할까 봐요. 묘지관리소에 손해배상청구라
도 해야지 올 때마다 이 모양이죠.

(루실이 모피코트를 걸치고 입장한다. 코트와 어울리는 모피모자도 쓰고
있다. 에이브의 무덤쪽으로 걸어간다.)

루 실 : 허구 많은데 다 놔두고 왜 하필 묘지에서 만나자니.

도리스 : (일어서며) 왔구나. (뺨에 키스한다.)

루 실 : 니가 여기서 만나자고 하지 않았으면 난 오늘 안 오려구 했다 구.

도리스 : 알아.

루 실 : 이제 여기 찾아오는 일은 그만 두기로 했어.

도리스 : 그만 하면 충분히 알아들었다. 지난 달에 그러기로 했잖아.

루 실 : 물론이지. (모자를 자랑하며) 이 모자 어떠니?

도리스 : 좋아. 코트하고 잘 어울리는데.

루 실 : 얼마짜리 같애?

도리스 : 그런 모자면…… 기성품이고 세일에다 좀 깎기도 했다면 200 달러?

루 실 : (짜증을 내며) 너 내가 물건 사는 데 좆아다니니?

(포즈) 아무튼 내가 여기온 건 아이다 언니가 걱정되셔니까.

도리스 : 나도 그래.

루 실 : 아니지. 너야 이 곳이 제일 좋은 휴양지 아냐? 어쨌든 그 순진 한 아이다가 남자를 만나자마자 저 모양이니 가만 있을 수 있어야지.

도리스 : 다 너 때문이야.

루 실 : 나?

도리스 : 묘지에 가지 말자고 한 건 너 잖아. 너한테 물든 거지 뭐야.

루 실 : 그렇다구 치자. 하지만 너한테 물 안든 게 천만다행이지.

도리스 : (포즈) 그래. 요즈음 아이다 언니하고 얘기해 봤어?

루 실 : 지난 달은 나도 무척 바빴어.

도리스 : 1주일이 지나도 죽었는지 살았는지 소식도 없어. 밤마다 나 가도 낮에는 변명이나 늘어놓구 말야. 전화로만 통화했는데 사람이 완전히 변했지 뭐니. 우린 아예 안중에도 없더라구.

루 실 : (주제를 바꾸며) 샘도 틀림없이 온다고 했어?

도리스 :   올 거야.

루 실 :   장소는 제대로 얘기한 거야?

도리스 :   그랬다니까.

루 실 :   그래서 온다구 그래?

도리스 :   도대체 몇 번이나 말해야 알아듣겠어?

루 실 :   그가 분명히 오는지 알고 싶을 뿐이야. (포즈) 4시라구 그랬
          어?

도리스 :   (지겨운 듯) 자정이라구 그랬다. 자정에 만나자구 그랬다구.
          내년 이맘 때쯤. 엠파이어 스테이트 빌딩 꼭대기에서.

루 실 :   여기보다야 낫겠지.

도리스 :   (포즈) 뭐라고 얘기할지 생각해 놨어?

루 실 :   전화로 얘기한 대로 말하면 되지 뭐.

도리스 :   (샘이 다가오는 것을 본다.) 쉬…… 저기온다.

샘   :   도리스, 루이스, 안녕하세요.

루 실 :   루실이에요.

샘   :   루실, 미안합니다.

도리스 :   안녕하세요. 샘!

샘   :   그런데 무슨 일이시죠? 말씀하실 게 뭡니까?

루 실 :   (도리스에게) 말씀드려.

도리스 :   네가 하기로 했잖아.

루 실 :   얘기는 네가 먼저 꺼냈잖아.

샘   :   무슨 말씀인지?

도리스 :   5분 전 만하더라도 내 편이더니 이제 딴소리야?

루 실 :   난 누구편도 아니라구.

도리스 :   고맙구나. 미스 중립국.

샘   :   편은 또 뭡니까. 무슨 말씀이죠?

도리스 :   루실과 제 생각으로는요. 지금 하시는 짓을 그만 둬 주셨으면

하구요.

샘 : 제가 부인께 무슨 짓을 했나요?

도리스 : 저한테 말구요.

샘 : (루실에게) 그럼 부인께?

루 실 : 아뇨, 저야 원래 가까이 하기엔 너무 먼 당신 아니겠어요?

샘 : 그럼 도대체 누구에게……

도리스 : 아이다 언니 말이에요.

샘 : (놀라며) 아이다?

루 실 : 그래요.

샘 : 제가.아이다 부인에게 뭘 어쨌단 말씀이죠?

(도리스, 루실에게 나서 줄 것을 기대한다. 마침내 루실이 나서고 샘에게 일장연설이 시작된다.)

루 실 : 샘씨. 여자의 마음이란 참 묘한 거예요. 그렇지 도리스?

도리스 : 그럼. 그렇구말구.

루 실 : 여자의 마음이란 대단히 상처받기 쉬운 거라구요. 맞아, 틀려?

도리스 : 맞지.

루 실 : 여자의 마음은요……

도리스 : 금방 우울해지기도 하는 거지.

루 실 : 남편이 죽으면 여자는 상심하고 말죠. 가슴이 천 갈래 만 갈래 찢어지는 거예요. 나중에 그 조각들을 주어 모으면 절반은 사라져 버린 거죠. 죽은 남편의 이름이 새겨진 비석 아래 흙 속에 깊이 묻혀 버리는 거라구요.

(도리스, 흐느끼기 시작한다.)

루 실 : 그러면 여자는 잃어버린 절반을 찾아나서게 되죠. 상심한 마음의 반쪽을 말이에요…… 그럴려면…… 판을 벌려야죠.

도리스 : 뭐라구?

샘 : 도데체 그런게 나하고 무슨 상관입니까?

도리스 : 말이 좀 빗나가긴 했지만 루실이 말하려는 것은 당신과 아이다 언니 사이에 지금 하시는 일이 옳지 않다는 거예요.

샘 : 지금 무슨 말씀을 하시는 겁니까?

도리스 : 무슨 말이냐구요? 난 지금 지난 한달간에 대해 얘기하는 거예요.

샘 : 우린 함께 즐거운 시간을 보냈어요. 영화도 몇 편 보구요. 저녁식사하러 나가기도 하고 뮤지컬도 함께 봤죠.

도리스 : 샘. 아이다 언니와 전 지난 3년간 매달마다 이 곳에 왔었어요. 헌데 두 사람이…… 함께…… 데이트인지 뭔지를 시작하구부터는 언니가 남편을 볼 수 없게 된 거라구요.

샘 : 아이다가 지난 주에 내게 말했습니다. 이젠 자주 이 곳에 오는것은 좋을 것 같지 않다고 말이에요.

도리스 : 그럼 무슨 말을 하겠어요? 언니는 두려웠겠지요. 엄청난 죄의식을 느끼는 거라구요.

루 실 : 그건 사실이야.

도리스 : 게다가 당신은 언니와 함께 셀마의 결혼식에 가려고 하죠? 많은 사람 앞에 공공연히 말이에요. 모두가 언니를 아는 사람들뿐인데. 그들은 남편과 함께 있던 언니만을 기억하고 있다구요. 그게 언니에게 어떨 거라구 생각하시죠?

루 실 : 그리고 또 당신은요? 결혼식에 여자와 함께 가는 것은 보통문제가 아니라구요.

샘 : 하지만 우린 부끄러울 게 없습니다.

도리스 : 제 말은 셀마의 결혼식에 함께 가는 것은 옳지 못하다는 거

예요. 만일 당신이 이 곳에 누워 있다면 어떻겠어요. 입장을 바꿔 당신의 아내가 딴 남자와 셀마의 결혼식에 나타난다면 어떻겠느냐구요. 게다가 당신이 아는 사람과 말이에요. 그건 죽은 사람들을 욕되게 하고 언니의 입장은 전혀 생각지 않는 짓 아니겠어요?

샘 : 아이다가 그렇게 말하던가요?

도리스 : 친구끼리 꼭 말로 해야 아나요?

루 실 : 하는 짓을 보면 알 수 있는 거죠.

도리스 : 언니는 지금 제 정신이 아니예요. 혼란에 빠져 있죠.

샘 : 아이다를 괴롭히는 일은 결코 내가 원하는 바가 아니오.

도리스 : 그러면 원래 아이다 언니가 원했던 대로 우리와 함께 가도록 내버려 두세요.

루 실 : (갑자기) 오셔서 우리 모두 함께 가자구요.

(도리스, 루실을 바라본다.)

루 실 : (도리스에게) 그러면 데이트처럼 안 보일 거야.

도리스 : (그녀를 무시하고 샘에게) 아이다 언니에게도 고통스러운 일이 될 거예요. 결혼식에 가고, 신부의 들러리가 되고, 그리고 남편이 같이 있지 않다는 것…… 그건 참 견디기 힘든 시련이죠.

샘 : 더 이상 아이다를 어렵게 만들 생각은 없습니다.

루 실 : 그러니까 우리 모두 함께 가자구요.

(도리스, 다시 루실을 바라본다.)

샘 : 부인이 저보다 아이다를 더 잘 아시겠죠. 부인의 생각이 그러

시다면, 잘 알겠습니다.

도리스 : 이해해 주실 줄 알았어요.

샘 : 가야하겠군요…… 그럼…… 두 주 후에 뵙겠습니다.

도리스 : 네.

(샘이 걸어가기 시작한다.)

도리스 : 샘! (그가 돌아선다.) 잘 생각하세요. 이번 결혼식만이 아니구 요. 당신과 아이다, 당신의 아내 메르나. 무슨 말인지 잘 아 시죠?

(샘, 잠시 도리스를 바라보다 돌아서 자리를 떠난다.)

루 실 : 우리가 아주 잘 한 것 같애.

도리스 : (화를 내며, 루실의 말을 흉내낸다.) "그러니 오셔서 우리 모 두 함께 가자구요."

루 실 : 그게 뭐 어때서?

도리스 : 도대체 왜 그래? 나가서 네 말대로 판이나 벌이면 되잖아.

루 실 : 아이다가 할 일이지.

도리스 : 넌 정말 미쳤어. 알고 있니?

루 실 : 그럼 넌 아이다가 죽을 때까지 죽은 남편 비석이나 문지르면 서 세월을 보내야 직성이 풀리겠니?

도리스 : 나도 그렇게 자주 비석을 닦지는 않아!

루 실 : 웃기지 마. 넌 내가 식탁을 청소하는 것보다 더 자주 네 남편 비석을 쓸구닦구 하잖니.

도리스 : 그래서 너희 집에 저녁 먹으로 안 가는 거야. 더러워서! (포 즈) 우리가 왜 싸우지. 중요한 일을 끝내 놓구 말야. (포즈)

온 김에 네 남편 무덤에나 들려 보지 그러니.

루 실 : 그럴까? 결국 그 사람 돈으로 이 모자를 산 거니까. 적어도 보
여는 줘야겠지?

도리스 : 자 어서 가. 나도 함께 갈게. 잠깐 인사나 하구.

(도리스 남편의 비석 위에 돌멩이 하나를 얹어 놓는다.)

루 실 : (갑자기 회상하는 듯) 그인 내게 모자가 아주 잘 어울린다고
말하곤 했지. "다른 여자에겐 모자는 그저 모자에 불과하지
만 당신이 쓰면 특별한 느낌을 준다니까."

(두 사람 물건을 모아서, 걷기 시작한다.)

도리스 : 우리 그인 모자를 별로 좋아하지 않았어.

루 실 : 그래?

도리스 : 응, 그냥 생머리를 길게 늘어뜨리는 걸 좋아했지. 기억나지?
내가 전에 머리를 길게 길렀던 것 말이야.

루 실 : 그럼.

도리스 : 좋았던 시절이었어. 넌 파리풍의 모자. 난 긴 생머리. 그리고
아이다 언니는 머리핀.

루 실 : (미소지으며, 기억해 내듯) 그래 머리핀.

도리스 : 참 죽어라 하고 머리핀을 꽂고 다녔지.

루 실 : 우린 참 괜찮은 삼총사였어.

도리스 : 그래.

(커튼이 내려지며 두 사람 함께 퇴장)

【2막】

[1장]

아이다의 거실.
의자 하나에 가방이 열려 있다. 테이블 위에 화장용 거울이 세워져 있고, 다리미
판이 옆에 세워져 있다. 남편의 파이프걸이는 치워져 있다.
막이 올라가면, 도리스가 옷을 다리고 있다.
아이다, 머리에 스카프를 두르고 등장.

아이다 : 어때?(스카프를 벗고 새로 자른 헤어스타일을 보여 준다.)
도리스 : 좋아 보이는데!
아이다 : 그냥 좋아?
도리스 : 좋으면 됐지 뭘?
아이다 : 너무 평범하잖아. 뭔가 충격적이어야지.
도리스 : 충격적으로 보여서 뭐 할려구?
아이다 : 셀마 결혼식 아니니.
도리스 : 그게 뭐 특별한 일이라구.
아이다 : 좋아 보이기만 하면 되는 기야?
도리스 : 아니. 충격적으로 보여야지.
아이다 : 특별한 이유는 없어.
도리스 : 없겠지, 꼭 무도회에 갈 여학생마냥 들떠 가지구. 이유는 없
         다 이거지?
아이다 : 알았어. 알았어. 그냥 좋아 보이고 싶었어요.
도리스 : 충격적으로?
아이다 : 충격적으로…… 그럴 수만 있다면…… 샘을 위해서.
도리스 : (실망하며) 샘을 위해서?

아이다 : 그래. 네가 이해해 주지 않을 것 같아서 말을 안 했어.

도리스 : (포즈) 그래서 요즘도 자주 만나나?

아이다 : 전에는 그랬어. 금요일 밤에 영화구경도 갔었구.

도리스 : 우리가 모이는 날 말이지.

아이다 : 아직도 그것 때문에 꽁하구 있구나.

도리스 : 쓸데없는 소리하지마.

아이다 : 하지만 요즘은 자주 못봐. 지난 주에는 샘이 감기에 걸렸구. 이번주엔 일이 많아서 피곤한가 봐.

도리스 : 그래?

아이다 : 뭐가 잘못된 건 아닌지 몰라.

도리스 : 뭐가 잘못됐다구 그랬어?

아이다 : 아니. 그냥 전과는 좀 다른 것 같아서. 모르겠어. 내가 이상한 건지도 모르지. 이런 일에는 익숙지 않으니까.

도리스 : 왜 그렇게 안절부절해? 그럴만한 가치가 있는 거야? 그나저나 내일은 묘지가는 날이야. 샘 일은 잊어버리라구. 내일도 날씨는 좋을 것 같애. 점심식사나 같이 하자구. 이번엔 내가 낼게. 괜찮지?

아이다 : 넌 이해 못해.

(아이다 위층 침실로 올라간다. 초인종이 울린다. 도리스가 문을 열자 루실이 들어온다. 모피코트와 모자를 쓰고 있다. 작은 손가방과 모자상자를 들고 어깨에 백을 메고 있다.)

루 실 : 안녕.

도리스 : 어서와.

(루실, 소지품을 내려놓고 서로 키스한다.)

루 실 : 머리 좋은데. 마음에 들어.

도리스 : 고마워. 좀 바꿔 볼려구.

루 실 : 아이다는 어디 있니?

도리스 : 침실에.

루 실 : (위층을 향해) 언니 나 왔어.

아이다 : (무대 밖에서) 어서와. 루실.

루 실 : (도리스에게) 우리가 같이 간다구 뭐라구 안 히든?

도리스 : 아니.

루 실 : 오늘밤 여기 모두 모이면 재미있을 거야. 학생 때 시험 핑계 대고 모이듯이 말이야.

도리스 : 자기 집이 편하지 뭐.

루 실 : 독수공방이 좋기도 하겠다.

도리스 : 내가 말을 말아야지.

(루실, 손가방에서 모피로 된 손가리개를 꺼내 손에 끼고는 포즈를 취한 다.)

루 실 : (자랑스럽게) 어때에?

도리스 : 좋아.

루 실 : 정말 기가 막힌 매치아니니? 코트, 모사하고 색상도 같구 말 이야.

도리스 : 이제 밍크로 된 구두만 사면 되겠네.

루 실 : (자신 있게) 얼말 거 같애?

도리스 : 그게 뭐 그리 중요해.

루 실 : 맞춰 봐. 어서.

도리스 : 그런 정도면. 세일 기간이구 좀 깎아 샀다면 125달러?

루 실 : (얼굴이 밝아지며 즐거운 듯) 45달러.

도리스 : (놀라며) 농담하지 마.

루 실 : 영수증도 있어!

도리스 : (놀라며) 정말 싸네. (손가리개를 만져 보며) 이거 가짜잖아?

루 실 : 무슨 소리야?

도리스 : 난 진짜인 줄 알았잖아. 모조품이라고 말했으며 45달러라고
했을 텐데.

루 실 : 이거 진짜야!

도리스 : 밍크는 나도 알아. 이건 모조품이라구. 진짜는 털이 빠진다구.
(털을 잡아당긴다) 이건 안 빠지잖아.

루 실 : 만들기는 잘 만들었지?

도리스 : 잘 만들면 뭐해. 가짜는 가짜지.

(아이다, 들러리용 옷과 구두를 들고 들어온다.)

루 실 : (도리스에게) 넌 가만히 있어. (아이다에게 가며) 언니 이거 어
때?

아이다 : (드레스를 의자 위에 걸치고 마루 위에 구두를 놓는다.) 멋있
는데. (만져 보며) 정말 좋아. 부드럽구. 참 잘 만들었네. 몰랐
다면 난 진짜인 줄 알았을 거야.

루 실 : 고마워. (루실, 신나서 행진하듯 걸어서 모피들을 옷장에 건
다.)

아이다 : 쟤 왜 저래?

도리스 : 진짜인 줄 알았나 봐.

루 실 : 나도 모조품인 거 알았어. 그냥 시험해 본 거라구. (커피테이
블을 가리키며) 난 여기서 해야겠네.

(루실, 화장품을 꺼내 테이블 위에 화장할 자리를 만든다. 그리고는 소파

에 앉아서 화장을 한다. 아이다는 새로 산 콘택트렌즈를 낀다.)

아이다 : 셀마가 어제 전화를 했어. 이번 결혼식은 최고가 될 거래.

루 실 : 결혼식이야 할수록 세련되겠지. 결혼 생활은 엉망이더라도.

아이다 : 두 번째 결혼식 생각나?

루 실 : 그럼. 빵집 주인이었지?

아이다 : 이름이 내트 스타인인가 그랬을 거야.

도리스 : 대단했지. 음식이 여덟 번이나 나왔잖아. 그런 진수성찬이 없었다구.

루 실 : 그 날 찐 살 빼느라구 두 달이나 걸렸어요.

도리스 : 케이크를 얼마나 먹었는지 지금도 케이크만 보면 배가 아파.

아이다 : 이번엔 그런 걱정 안해도 돼. 과일가게 주인이니까.

루 실 : 과일?

도리스 : 소화는 잘 되겠군.

루 실 : 빵가게에서 과일가게로? 대단한 발전인데.

아이다 : (루실에게 화장품을 가리키며) 좀 써도 돼?

루 실 : 그래.

아이다 : (아이섀도우를 칠하면서) 녹색 아냐?

도리스 : 그런데.

아이다 : 너무 야하지 않을까?

루 실 : 남자들 혼을 다 빼놓겠네.

아이다 : 그래? 그럼 성공인데.

(도리스, 주먹을 쥐었다폈다 한다. 몇 차례 계속한다.)

루 실 : 왜 그래? 괜찮니?

도리스 : 아무것도 아니야. 가끔씩 아파. 팔까지 찌르르 하구.

아이다 : 나두 아침이면 가끔 손가락이 그래. 구리 팔찌를 끼면 낫다던데.

도리스 : 해 봤어. 소용없더라구.

루 실 : 우리 그 인 비만 오면 그랬어. 어김 없더라구. 일기예보에서 내일 날씨가 화창하다구 해도 그 이가 아프면 난 우산을 가지고 나갔으니까.

도리스 : 우습지? 지난번 셀마 결혼식에 갔을 때는 우리 모두 쌍쌍이었는데 부조금도 머리수대로 내야 하는 거 아니야?

아이다 : 옛날 사람들이야 점점 줄어들기 마련이지. 이번엔 또 누가 못 오게 될까?

루 실 : 마누라들이나 왕창 빠져 버렸으면 좋겠네.

아이다 : 루실.

루 실 : (아이다에게) 그런데 샘은 몇 시에 온대?

아이다 : ……잘 모르겠어.

루 실 : 모르다니. 그게 무슨 말이야?

아이다 : 지난번에 다섯 시에 온다고 했는데. 한동안 못 봤거든. 잊어버렸을 수도 있구.

루 실 : 그럼 요즈음엔 한 번도 못 봤어?

아이다 : 응.

루 실 : 전혀 못 봤어?

아이다 : 한 두 달쯤.

(루실과 도리스, 서로 바라본다.)

아이다 : 피곤하다구만 그래. 나도 모르겠어. 지난번 만났을 때 내가 뭘 잘못했는지 생각해 봤는데. 참 멋진 밤이었거든 그가 꽃을 들고 찾아왔었어. (도리스에게) 너 꽃 받아 본 게 얼마나

됐니?

도리스 : 그이 장례식 때 받구 그만이지 뭐.

루 실 : 우리 그이도 늘 꽃을 가지고 왔었어. 그게 다 사기지 뭐. 젊을
수록 꽃다발은 커지기 마련인 걸. 한번은 스물네 송이의 장
미를 받기도 했다구. 그 시커먼 속을 누가 아나.

아이다 : 샘은 튤립을 가져왔어. 노란 튜립. 정말 예뻤어.

루 실 : 전화라도 해 보는 게 어때. 언제 올 지 말이야.

아이다 : 전화는 무슨.

루 실 : 그럼 내가 걸게. (일어나서 전화기 쪽으로 간다.)

도리스 : 샘이 안 오면, 우리끼리 가면 되지 뭐.

루 실 : 바보 같은 소리 하지마. 왜 우리끼리 가?
(아이다에게) 그 사람 전화번호 몇 번이야?

아이다 : 루실, 조금만 더 기다려 보자구.

루 실 : (다이얼을 돌린다.) 기다리긴 뭘 기다려. (전화로 교환원에게)
여보세요. 저 사뮤엘 카츠 씨 전화번호 좀 알 수 있을까요?
(수화기를 막고, 아이다와 도리스에게) C로 시작하냐는데?
(교환원에게) K로 시작해요. "카츠"(아이다와 도리스에게) 햇
병아리인 모양이야. (교환원에게) 사 - 뮤 - 엘. 소리 나는 대
루요. 그래요. (전화번호를 적고 다시 교환원에게) 애썼어요.
초등학교를 좋은 데 나와야지.
(다시 적어 놓은 번호대로 다이얼을 돌린다.) 안녕하세요
샘…… 저에요…… 루실…… 전 좋아요. 어떠세요?…… 반가
워요.. 아 하…… 아…… 하…… 좋아요…… 물론이죠. 그럼
이따 뵈요. (수화기를 내려 놓는다.)

아이다 : 뭐래?

루 실 : 막 떠나려든 참이래.

아이다 : (어쩔 줄 몰라하며) 지금? 나 어떠니?

도리스 : 우리도 서둘러야겠어.

루 실 : (자신의 물건을 챙기며) 네 침실에서 옷 갈아 입을게.
　　　　전신거울이 있어야 하는데. (위층으로 향한다.) 내 모습을 기
　　　　대하라구.

(침실로 들어간다. 아이다와 도리스 서로를 쳐다본다.)

아이다 : 쟤 또 엉뚱한 옷 입는 거 아냐?

도리스 : 속에야 뭘 입든 상관 말자구.

아이다 : 셀마가 골라 준 걸 입어야 하는데.

(옷을 입기 시작한다. 똑같은 들러리 옷을 입는다.)

도리스 : 재미있네. 에이브 없이 셀마의 결혼식에 가는 건 처음이잖아.
　　　　왠지 좀 불안해.

아이다 : 나도 그래.

도리스 : 모두 낯익은 얼굴들뿐인데 이상하지?

아이다 : 우리 그인 식장에 모인 사람들 얘기를 꾸며내곤 했어. 날 위
　　　　해서 말이지. 내가 사람을 지적하면 재미있는 얘기를 지어냈
　　　　지. 어떻게 만났구, 싸움은 어떻게 하고…… 너무 재미있었
　　　　어.

도리스 : 우리 그인 춤만 추려고 했지. 밤새도록 춤을 추었으니까.

아이다 : 나하고도 추었어요. 몇 번이구 일으켜 세우더라구.

도리스 : 차, 차, 차. 우리가 좋아하던 춤이었어. 차, 차, 차.

아이다 : (포즈) 오늘 춤출 거야?

도리스 : 나? 아니야…… 못 출 것 같애.

아이다 : 두렵니?

도리스 :	뭐가?
아이다 :	춤추는 거.
도리스 :	그런 말이 어디 있어. 춤추는 게 두렵다니. 그냥 그럴 기분이 아니라는 거지. 그것뿐이야.
아이다 :	지금 어떻게 알아?
도리스 :	춤은 실컷 춰 봤으니까. 그게 중요해?
아이다 :	아니. 자 여기. (도리스에게 등을 내민다. 도리스, 지퍼를 올려준다. 포즈)
도리스 :	춤출 거야?
아이다 :	누군가 신청하면.
도리스 :	출 수 있어?
아이다 :	아직 마음은 청춘이에요.

(서로 돌아서서 이번엔 아이다가 도리스의 지퍼를 올려 준다.)

도리스 :	아직도 춤추는 거 좋아하는구나?

(아이다. 미소짓는다.)

도리스 :	언니…… 샘하구 춤출 거야?
아이다 :	그가 원하면.
도리스 :	남편 아닌 남자인데도 괜찮아?
아이다 :	도리스. 이제 그이는 없어. 내가 어쩔 수 있겠니? 음악이 흐르고, 남편은 그 곳에 없는데, 내가 어쩌겠어?
도리스 :	그냥 앉아 있으면 되잖아.
아이다 :	(도리스에게 돌아서 똑바로 쳐다보며) 내 말 잘 들어 도리스. 넌 친구와 가족과 아이들만 있으면 충분히 혼자 살 수 있을

거야. 하지만 난 그렇게 못해. 함께 할 누군가가 필요하다고. 내가 무언가를 줄 수 있는 사람. 그 날 오후 너와 루실이 가고 샘과 나만 남았을 때 난 살아 있는 것 같았어. 어색하고, 불안하고. 가슴이 뛰더라구. 그 이가 죽은 뒤 처음으로 살아 있는 느낌이었어. 그래, 마음 한구석에서 그런 즐거움도 비참하게 느껴지긴 했지만— 상관없어.

누군가 만져 주기를, 안아 주기를 바라면서 죄책감만 느끼고 살 수는 없다구.

(오랫동안 두 사람 서로를 바라본다. 도리스, 어떻게 대꾸할지를 몰라 돌아서서는 화장품들을 가방에 넣는다.)

도리스 : 생각해 봤는데, 내일 묘지에 가면 덩굴을 뽑아 버리구 다른 것으로 바꿔 심어 달라고 할 거야. 1년내내 싱싱한 거루 말야. 물 줄 걱정 없는 걸루 말야. 보기에도 더 좋을 것 같애.

아이다 : 도리스, 난 내일 안가.

도리스 : 내가 언제 가자구 했어? 난 얘기도 안 꺼냈다구.

아이다 : 한 달쯤은 그냥 넘어가도 되잖아?

도리스 : 그건 언니 마음이지. 난 내 마음대로 할 거야.

아이다 : 좋아.

(침묵. 초인종이 울린다.)

아이다 : 맙소사. 그가 왔나 봐.

도리스 : 아이다.

아이다 : 내 구두 어디 있지?

도리스 : 언니. 할 말이 있어.

아이다 : (여기저기 돌아다니며 찾는다.) 내 구두……

도리스 : (소파 옆을 가리키며) 저기…… 내 말 좀 들어봐. 루실과 내가 일을 저질렀어.

아이다 : 나 어떠니? 괜찮아?

도리스 : ……충격적이야.

아이다 : (도리스가 '충격적'이란 말을 한 것을 깨닫고는) 고마워.

도리스 : 내 말 좀 들어 봐.

아이다 : (자기 물건을 챙기면서) 오, 내 악세사리. 안 가지고 왔네.

도리스 : 언니.

아이다 : (흥분한 채) 문 좀 열어. (위층으로 뛰어간다. 흥분하여) 난 못 열겠어.

(아이다는 침실로 퇴장. 도리스, 문으로 가서 자세를 고치고는 문을 연다. 샘이 진한색 양복과 나비 넥타이를 매고 들어선다. 핸섬해 보인다.)

샘 : 안녕, 도리스.

도리스 : 어서오세요. 샘.

(갑자기 한 여성이 샘 옆에서 들어선다. 도리스가 움찔한다.)

도리스 : 밀드레드?

밀드레드 : 안녕하세요?

도리스 : 두 분이 같이 오실 줄을 몰랐네요.

밀드레드 : 원래는 조지네 쌍과 같이 가기로 했어요. 헌데 어젯밤에 이이와 데이트를 했거든요. 내가 남의 부부 사이에 끼어 천덕꾸러기가 되는 기분이라고 했더니 글쎄 이 이가 자기도 혼자 간다지 뭐에요. 아주머니 세 분들께 차를 태워 드리기로 했

다면서 말이에요. 혼자서 무슨 청승이에요. 그래서 내가 함께 가기로 했죠. 짝 잃은 외기러기하구 말예요.

도리스 : 잘됐군요.

샘 : 이 사람이 조지네와 같이 가기 싫다구 해서……

도리스 : (샘에게) 참 재주도 좋으시네요.

밀드레드 : 신나게 춤추려고 구두까지 갈아 신었다니까요. 샘을 외롭게 혼자 놔둘 순 없잖아요?

(밀드레드, 샘의 팔장을 낀다. 그 때 아이다가 층계를 내려온다. 밀드레드를 보고는 제자리에 얼어붙는다.)

밀드레드 : 안녕하세요. 부인.

아이다 : (포즈. 멍청해져서) 밀드레드.

도리스 : (부드럽게) 밀드레드도 우리와 함께 가기로 했어. 샘과 같이 왔거든.

샘 : (어색하게) 안녕하세요?

아이다 : (태연하려고 애쓰면서) 안녕하세요?

밀드레드 : (도리스와 아이다의 옷차림을 보고는) 들러리를 서는군요.

아이다 : 그래요.

밀드레드 : 난 아직 한 번도 못 해 봤는데. 다음번 결혼식엔 내 차례겠죠?

(밀드레드 웃는다. 아무도 따라웃지 않는다.)

샘 : (아이다에게) 멋져 보이시는군요. (도리스에게) 두 분 모두요.

아이다 : 고마워요. (포즈) 아무튼 좀 앉으시지요.

(샘이 모자와 코트를 벗는다. 밀드레드, 샘에게 등을 돌려 모피로 된 숄을 벗겨 달라고 한다. 샘은 숄을 벗긴다. 앉는다.)

밀드레드 : 그런데 이번 결혼식은 대단할 거라더군요. 신랑될 사람은 만나 보셨어요?

도리스 : 아뇨.

아이다 : 아직 못 봤어요.

도리스 : 워낙 급히 이루어진 일이라서요.

밀드레드 : 맞아요. 아놀드라는 사람과 만났었잖아요? 이번 신랑은 생각지도 못했다니까요.

도리스 : 어쩜 그렇게들 새로운 상대를 쉽게 만나는지 놀랍기만 해요. 안 그래요?

아이다 : (포즈. 샘에게) 참…… 오래만이네요.

샘 : 그간 좀 바빴어요.

도리스 : 그러셨겠죠.

밀드레드 : (아이다에게) 이 이가 정육점을 팔려고 하신다면 믿으시겠어요?

아이다 : 전 몰랐어요.

밀드레드 : (샘에게) 오, 미안해요. 비밀이었던가요?

샘 : 비밀은 아니에요. 지난 주에 팔려고 내놨죠.

아이다 : 왜요?

밀드레드 : 제 말이 그 말이에요.

샘 : 그럴 때가 된 거 같아서.

아이다 : 그럼 뭘 하실 거죠?

샘 : 아직은 확실히 결정을 못했습니다.

밀드레드 : 난 딴 일은 생각도 못 해 봤는데.

샘 : 퀸즈가에 상점이 하나 나왔는데 작지만 좋은 가게예요.

밀드레드 : 하지만 지금 정육점터만 하겠어요? (아이다에게) 안 그래요?

아이다 : (고개를 돌린다. 더 이상 밀드레드를 바라볼 수조차 없다는 듯이)루실은 뭘 하는지 모르겠네. (침실 쪽을 향해서) 루실, 준비 다 됐어?

루 실 : (무대 밖에서) 금방 내려갈게. 오셨어?

도리스 : 여기계셔.

루 실 : 안녕. 샘.

샘 : 안녕하세요. (긴 포즈)

아이다와 샘 : 그런데……

샘 : 먼저 말씀하시죠.

아이다 : 아니오. 먼저 하세요. 별 것 아니었어요.

샘 : 전 그저…… 길이 막히지 말아야 할텐데 해서……

아이다 : 네. (포즈. 탐색하듯) 마실 것 좀 드릴까요?

도리스 : 아니.

샘 : 저도 괜찮습니다.

밀드레드 : (다소 불편해하며) 물 좀 마실 수 있을까요?

(아이다 일어선다.)

밀드레드 : 그냥 계셔요. 제가 가죠. 있는 곳만 가르쳐 주세요.

아이다 : (손으로 가리키며) 싱크대 위에 글라스가 있을 거예요.

(밀드레드 퇴장. 길고 어색한 침묵)

도리스 : (위층을 향해 소리치며) 루실! 이러다간 늦겠어.

루 실 : 지금 가.

도리스 : 무슨 옷을 입는데 이렇게 시간이 걸리는지.

루 실 : (아랑곳하지 않고 계단을 어슬렁거리며 내려온다.) 누구 내 립
스틱 못 봤어?

(샘, 아이다, 도리스가 보고 있는 가운데 루실, 립스틱을 찾아 방 안을 두
리번거린다. 루실은 아이다, 도리스와 같은 옷을 입고 있지만 조금 방식
을 달리해 더 섹시해 보인다. 가슴을 높이 처받히고 있어 가슴이 거의
입에 닿을 지경이다. 손가락에 어찌나 보석을 많이 끼었는지 손을 들어
올리는 게 신기할 지경이다. 블론드 가발을 쓰고 있다.)

루 실 : 어디다 잘 뒀는데…… 여기 있네. (모두가 자신을 바라보고 있
다는 것을 눈치챈 채 립스틱을 바른다.) 왜들 그래? (알면서
도) 말 안 해도 알지. (가슴에 단 조그만 브로치를 가리키며)
이 브로치가 좀 야한가?
아이다 : 브로치는 괜찮아.
도리스 : 그거래두 좀 가려야지.
샘 : 무슨 브로치 말입니까?
루 실 : 남자들이란 그렇게 눈치가 없어요. (아이다와 도리스에게) 그
렇게 생각하지 않아?
아이다 : 뭘?
루 실 : 새로운 내 모습. 파격적인 모습.
도리스 : 그래 파격인지 뭔지.
루 실 : 좀 봐 주라. 말라 보이지 않아? 이 가발은 어때? 재미있지? 인
정할 건 하라구. 애들 말대로 캡이잖아.
도리스 : 정말 캡이다. 말로 표현할 수 없을 정도로……
루 실 : 오늘 밤만은 이 미망인이 새로운 삶을 시작했다는 걸 모든 이
들에게 알려 주구 말 거라구.
아이다 : 오늘밤, 그 미망인, 사람들이 알아보지도 못하겠다.

루 실 : 맞아! (샘에게) 카츠씨. 오늘밤 잘하시면 무도회의 카사노바가
되시겠어요.

(밀드레드가 부엌에서 들어온다.)

루 실 : (충격을 받고) 밀드레드?
밀드레드 : (포즈. 겨우 그녀를 알아보고는) 루실?
루 실 : 여기서 뭐해?
밀드레드 : 결혼식에 가려구요. (샘에게 모피숄을 가리키며) 샘.

(샘이 숄을 가져다가 그녀에게 입혀 준다.)

도리스 : 이 신사분께서 밀드레드 양을 동반하셨다구.

(루실, 억지로 미소를 지으려는 아이다를 쳐다본다. 모두 코트를 입는다.)

루 실 : 참 생각도 깊으시네. (샘에게) 오시는 길에 태우고 온 거예요?
샘 : (미소지으며 긴장을 풀어 보려 하며) 오늘 제 차가 만원이군
요.
루 실 : 버스 운전하시는 게 나으실 뻔했어요.

(루실 문을 열고 퇴장. 도리스가 뒤따라 나간다. 아이다와 샘이 서로를
바라보는 가운데에 밀드레드가 서 있다.)

밀드레드 : 샘.

(샘이 밀드레드를 에스코트한다. 아이다, 깊은 한숨을 내쉰다. 퇴장하면

서 문이 닫히고 조명 페이드 아웃)

[2장]

아이다의 거실.
새벽 2시. 거리 가로등불이 창문을 통해 희미하게 스며드는 것 외에는 방은 어둠에 싸여 있다.
밖에서 세 여인이 낄낄거리고 떠드는 소리가 들린다. 모두 상당히 취해 있다.
현관문을 열려고 하지만 쉽지 않다. 마침내 문이 꽝하고 열리고, 세 여인이 비틀거리며 들어선다. 아이다가 전등의 스위치를 찾고 있다. 문이 꽝하고 닫힌다.

루 실 : 내 코트! 내 코트가 문에 걸렸어! 움직일 수가 없다구! 불 좀 켜!

아이다 : 스위치가 어디 갔냐?

도리스 : 여기 문고리는 있는데.

루 실 : ……그래 무슨 문고리야!

아이다 : 나갈 때는 분명히 여기 벽쪽에 있었는데.

도리스 : 내가 코트를 빼 줄게.

루 실 : 가만히 못 있어!

아이다 : (웃으며) 누가 스위치를 훔쳐 갔어.

도리스 : 내가 코트를 빼 준다니까.

루 실 : 그건 내 드레스야. 가만 좀 있어! 내가 문 열 테니까. (문이 열렸다 닫힌다.)

아이다 : 찾았다!

(불이 켜지고 두 여인의 모습이 똑똑히 보인다. 모두 흐트러진 모습이다. 머리도 헝클어지고 옷은 구김이 가 있다. 루실의 가발은 비뚤게 씌어져

있다. 그러나 가장 두드러지는 사실은 도리스의 모습이 보이지 않는다는 것이다.)

아이다 : 도리스 어디 갔지?

(초인종이 울린다. 아이다가 가서 문을 열려고 한다. 루실이 그녀를 막아선다.)

루 실 : 누구세요?
도리스 : (밖에서) 너 가만히 안 둘 거야. 루실.
루 실 : 도리스, 너니?
도리스 : 그래. 나다!
루 실 : 아니 이 늦은 밤에 밖에서 뭘 하고 있었어?

(루실이 문을 열면서 아이다와 함께 웃는다. 도리스가 들어선다.)

도리스 : (루실에게) 내 다음번에는 그 코트를 찢어 놓고 말 거야.

(아이다가 웃음을 터뜨리고 이어서 루실과 도리스도 웃는다.)

아이다 : 누가 좀 도와 줘.

(팔걸이 의자 뒤쪽에서 아이다와 도리스가 "셀마와 에드 봉피글리아노"라고 씌인 리본이 걸린 커다란 꽃다발을 들어올린다. 루실이 코트를 거는 동안 두 사람이 꽃다발을 테이블 위로 옮긴다.)

도리스 : 술을 너무 마셨나 봐. 이러다 알코올중독자 되는 거 아냐?

아이다 : 이번 결혼은 오래 갈까?

루 실 : 그 남자 꼴을 보니까 설사 죽음이 갈라 놓을 때까지 산다고
해두 몇 달 못 가겠더라구.

(함께 웃는다. 도리스가 옷장에 자기 코트를 걸고 아이다의 코트도 챙긴
다. 루실, 손가리개를 들고 팔걸이 의자쪽으로 간다.)

아이다 : 차들 마실래?

루 실 : 차는 무슨 차. 와인이나 몇 잔 더 하지?

도리스 : 난 이제 못 마셔.

루 실 : 못 마시면 그냥 들어부어.

아이다 : 와인 없어.

루 실 : 그런 줄 알고 내가 가져왔지.

(손가리개에서 포도주병을 꺼낸다. 도리스는 소파에 앉아 있고 아이다가
가서 잔을 가져온다.)

도리스 : 오, 잊어버릴 뻔했네. 케이크가져 왔는데. (백을 열고 냅킨에
싼 케이크 몇 조각을 꺼내 놓는다.)

루 실 : 끝내 주는군. 와인에 케이크까지. (세 잔에 와인을 붓는다.)

도리스 : 그리구 쿠키도 있어. 쿠키도 좀 집어 왔지. (냅킨에 싼 쿠키를
꺼내 놓는다.)

아이다 : 그래 그 쿠키 맛있더라.

도리스 : 닭 날개 구이도 있습니다…… (또 다른 커다란 냅킨으로 싼
꾸러미를 내 놓는다.) 집어넣기가 힘들더라구 차라리 바구니
를 가져가는 건데……

루 실 : 와인, 케이크, 쿠키, 치킨 더 뭘 바래?

도리스 : 과일! (백에서 과일을 하나씩 꺼내 놓는다.) 바나나…… 오렌
지 두 개…… 사과…… 포도…… 키위…… 이건 뭔지 모르겠
네.

루 실 : (잔을 치켜들며) 건배. 우리를 위하여!

아이다 : (잔을 들며) 우리를 위하여.

도리스 : (잔을 들며) 물론이지.

.

(함께 마신다.)

도리스 : 그리고 셀마 봉피글리아노를 위하여!

아이다와 루실 : 위하여!

(함께 마신다.)

아이다 : 이번엔 밀드레드를 위하여! (와인을 마신다.)

도리스 : (화제를 바꾸며) 누구 케이크 좀 들겠어?

루 실 : 한 조각만 줘.

아이다 : 밀드레드가 있어서 다행이었어. 아니면 차 타고 가는 동안 참
심심했을 거라구.

(도리스, 루실에게 케이크를 큼직하게 한 조각 준다.)

루 실 : 그게 한 조각이야.

도리스 : 생각해서 줘도 난리야.

아이다 : 수다. 수다. 수다. 어떻게 그걸 참구 살지?

도리스 : (아이다에게 케이크를 한 조각 주면서) 잊어버리라구.

아이다 : (앉으며) 그 춤추는 꼴 봤어? 정말 가관이더군. 꼴불견도 그런

꼴불견이 있어? 못 봐 주겠더라구. 하지만 사내들은 그런 걸 좋아하는 모양이지.

루 실 : 그럼 우리도 어디 꼴불견 한 번 떨어 볼까? 음악 틀어 봐.

아이다 : 좋았어.(일어서서 전축 쪽으로 달려간다. 레코드판을 찾으며) 어디 보자.

(도리스, 일어서서 루실에게 다가간다.)

루 실 : 왜 그래?

도리스 : 왜 그러냐구? 거울에 가서 비춰 봐. 이미 꼴불견이야.(루실의 가발을 제대로 씌어 준다.)

(도리스, 다시 자리에 앉는다. 아이다, 레코드 판을 튼다. 차차차 음악)

도리스 : (미소지으며) 오, 예.

(아이다, 시선을 던져 도리스의 눈을 응시한다. 그리고는 그녀쪽으로 다가간다.)

도리스 : 왜 그래? 왜 그러냐구?

루 실 : 너도 춤춰야 돼.

도리스 : 오, 노, 노.

아이다 : 자 이리 와 봐. 우리 오늘 춤 근처에도 못 가 봤잖아.

도리스 : 난 정말······

(아이다가 그녀를 붙잡아 세우고 루실이 지켜보는 가운데 방을 돌며 차차차 춤을 춘다.)

루 실 : 자 여러분 좀더 신나게 멋있게!

도리스 : 오, 예! 오, 예!

아이다 : 기분 어때?

도리스 : 상대만 언니가 아니었드라면 훨씬 좋았을 텐데 말야.

아이다 : 내가 너무 매혹적이라 온몸이 떨리나 보지?

도리스 : 그래.

(그들 서로 떨어져서 웃기 시작한다.)

루 실 : (일어서며) 춤추는 법도 모르나 봐? 이게 바로 차차차야!

도리스 : (아이다에게, 루실을 가리키며) 전직이 의심스럽네.

(아이다와 도리스, 루실이 혼자 방안을 돌아다니며 춤추는 모습을 지켜본다.)

아이다 : 그게 차차차야? 이게 차차차라구!

(아이다가 방 안을 휘저으며 춤을 춘다. 도리스가 두 사람을 지켜본다.)

도리스 : 이건 완전히 광란이구만. 품위를 좀 지켜 봐. 기본도 없이 마구 잡이야.

(도리스가 춤추기 시작한다. 세 여인 모두가 방 안을 돌아다니며 춤을 춘다. 각자 남편과 함께 춤을 추는 듯 보인다.)

아이다 : 옛날 생각나지, 도리스?

도리스 : 그럼, 그 유람선 위에서의 무도회.

루 실 : 우리 그이 덕에 난 정말 녹초가 됐었지.

아이다 : 우리 여섯 사람이 플로어에 나서면 정말 환상적이었다구.

루 실 : 아이구. 그렇게 허우적거리기만 하던 주제에.

(도리스가 춤을 멈추고, 가슴을 문지르기 시작한다.)

아이다 : 왜 그래? 괜찮아?

도리스 : 마지막에 그 망고열매를 먹지 말았어야 했는데.

루 실 : 우유 좀 가져올게.

도리스 : 고마워.

(루실이 춤추며 부엌쪽으로 간다.)

아이다 : 좀 쉬어.

(도리스, 소파에 앉는다. 아이다가 음악을 줄인다. 이제 음악은 대화 속에 부드럽게 울려퍼진다.)

아이다 : 좀 나?

도리스 : 그래. (포즈) 이번 결혼식에도 보이지 않는 얼굴이 많이 늘었지?

아이다 : 그만 둬.

도리스 : 내가 찾아봤거든.

아이다 : 너무 멀어서 못 온 사람도 있을 거야.

도리스 : 난 그 이를 찾아봤어. 우습지 않아? 그 이를 봤어…… 음식을 먹고, 걸어다니고 춤추는 그이를 말야…… 정말 춤추는 그이를 봤다구. 내 마음 속에 떠오른 질문이 뭔지 알겠어? 왜

내가 저 이와 춤추지 않지?

처음 생각나게 그거였다구. 왜 내 남편과 춤추지 않는 걸까? 언니두 그랬어? 언니두 언니 남편 본 거야?

아이다 : 그런 생각을 한 거겠지?

도리스 : 아니. 그 이를 봤어. 돌아서기만 하면 거기에 있더라구.

아이다 : 가끔…… 언젠가 오후 늦게 집으로 돌아와 보니까…… 한 대여섯 시쯤 됐을 거야. 그 이가 저기에 있더군. 의자에 앉아있는 모습을 보았어.

루 실 : (우유잔을 들고 등장, 도리스에게 건네준다.) 마셔.

도리스 : 고마워.

아이다 : 우스웠던 건 그 이 모습이 우리가 처음 데이트할 때 모습이더라구. 전쟁에 나가기 바로 전 젊었을 때 모습.

그 땐 머리숱도 많고 곱슬에 검은 머리였지. 그 때만 해도 숱이 많았다구. 더브로 레스토랑이었어. 우리가 처음 만난 곳 말야. 루스 커틀러라는 애가 중매를 섰지. 그 애 남자친구와 함께 만나는 자리에 그 이를 데리구 나왔더라구. 그 이와 그 애 남자친구가 서로 동창이었거든. 식사하는 동안 내내 그 이에게서 눈을 뗄 수가 없었지. 포크로 얼굴을 찌르지 않은 게 다행이었을 정도이니까. 헌데 그이는 내게 관심이 없어 보이더라구. 그 땐 그런 사람이었어. 아주 차가운 사람. 그 이튿 날 친구에게서 전화가 왔어. 그 이가 자기 전화번호를 가르쳐 주며 내게 전화를 하라구 하더라는 거야. 내 자존심을 건드리는 거지. 그래서 내가 전화를 하구는 "여보세요, 저 아이다예요. 제 전화번호는 리빙톤 7국에 6207번이에요. 용건 있으시면 전화해 주세요." 그리구 전화를 끊고는 하느님께 기도를 했지. 그랬더니 기도에 응답이 왔어. 그 이가 전화를 걸어온 거야.

그 이후론, 왜 흔히들 그러잖아,

역사가 이루어졌다!

도리스 : 내가 우리 그 이를 처음 본 건 아버지가 하시던 상점에서 였지.

난 열아홉 살이었구. 카운터를 보고 있었거든. 그가 진열대 뒤쪽에 서 있더라구. 얼굴은 안 보였었구. 진열대 틈새로 보이는 건 낡은 바지와 구멍 뚫린 구두뿐이었지. 가난뱅이가 분명했어. 그래서 유심히 살폈지. 아나나 다를까, 그가 허리를 구부리더니 빵 한 덩이를 움켜 쥐는 거야. 그래 가지고는 겉옷 속에 감추더라구. 난 달려 가서 그 사람 뒤에 섰어. 그가 일어서서 날 똑바로 쳐다보더군. 가슴이 얼마나 두근거리던지. 꼭 무엇에 홀린 듯한 기분이더라구. 그가 걸어나갈 때 난 있는 힘을 다해 소리를 질렀지. "도둑이야"라구 말이야. 아버지가 달려나오시고 그를 붙잡았어. 그리구 한 달 반 뒤에 우린 결혼을 했지. 그 후로 아버진 늘 이런 농담을 하셨어. "이 사람이 내 사위요. 도둑 사위지. 처음엔 내 빵을 훔치더니……"

(도리스, 미소 짓는다.)

아이다 : (루실에게) 넌 어때? 죽은 남편 모습을 본 적이 있어?

루 실 : 살았을 때도 보기 힘들었는데 죽은 마당에 보긴 뭘 봐?

아이다 : 다른 남자와 있을 때는 어때?

루 실 : 그게 무슨 말이야?

아이다 : 그러니까. 잠자리에서…… 다른 남자와 함께 있을 때…… 죽은 남편 모습이 떠오르지 않아?

루 실 : (일어서며) 아니. (전축 판을 덮으며) 누구 한 잔 더 할래?

도리스 : 믿을 수가 없군.

루 실 : 믿을 수 없으면 관둬.

도리스 : 난 다른 남자와 춤만 춰도 그 사람 생각이 날 텐데.

루 실 : 첫째. 넌 뭘 해도 죽은 남편이 생각이 날 거구.

도리스 : 꼭 그렇지는 않지.

루 실 : 둘째. 넌 내가 아니야. 그러니 내 생각에 대해 이러쿵저러쿵 하지 말라구!

(아이다에게) 한 잔 더 하겠어?

아이다 : 아냐. 이제 그만 됐어.

루 실 : 물론 그러시겠지. 모두들 이제 그만 됐어. 충분해. 지나치지 말라. 너무해선 안 된다. 그만 하면 충분하지! 그래 나도 충분해. 하지만 난 더 마신다구. (다른 잔에 와인을 붓는다.)

아이다 : 루실.

루 실 : 당신들이 죽으면 비석에 이렇게 쓸 거야. "도리스, 아이다 이곳에 잠들다. 그들은 충분했도다."

내가 죽으면 이렇게 되겠지. "루실, 이 곳에 잠들다. 그녀는 더 많이 원했도다."

그러면 언니와 도리스는 매달 날 찾아오겠지. 올 거지? 바로 이웃에 있으니까 말이야⋯⋯. 엎드리면 코 닿을 곳에. (웃는다.) 알겠어? 엎드리면 코 닿을 곳에 말야.

아이다 : 루실.

루 실 : 와 주겠지?

아이다 : 그만.

루 실 : 올 거지?

아이다 : 그래.

루 실 : (도리스에게) 넌 어쩔 거야? 남편 찾아가는 길에 한 번씩 들려 줄 거지?

도리스 : 그럼.

루 실 : 그리고 샘. 언닌 샘 데리구 와야 해. 어쨌든 그 곳에서 처음 만났으니까 말이야.

아이다 : 샘을 데리고 갈까, 도리스?

도리스 : 물론이지.

(아이다가 루실에게서 술잔을 빼앗으려 하자, 루실이 뒤로 물러선다.)

루 실 : 아냐. 거짓말이야. 내가 어디 있는지도 얘기하지 않을 거야. 난 홀로 거기에 누워 있겠지. 그 이야 늘 돌아치는 위인이니까.

아이다 : 루실 .

루 실 : 부부용 관이 있어야 하는 거 아냐? 이인용 킹 사이즈로 말야. 그러면 평생 서방님과 함께 있을 수 있을 텐데. 서로 말도 못하고 만질 수도 없겠지만. 아무튼 멋지잖아? 그렇지 않으면 혼자 누워 있을 수밖에. 언제나 생각만 하면서. 혼자 이렇게 중얼거리면서…… "이건 뭐가 잘 못 됐어." "이래서는 안 되는 건데. 빌어먹을!" 어쩌구저쩌구.

아이다 : 루실, 그만 해둬.

도리스 : (일어서며) 난 이제 자야겠어.

루 실 : 왜? 이제 그만 됐어? 충분해?

도리스 : 그래.

루 실 : 거짓말.

도리스 : 내가 한 마디 할까, 루실?

루 실 : 좋지.

도리스 : 충분하다는 건 나쁠 게 없어. 지금까지 만으로도 좋았구. 그러니 멍청하게 더 이상 찾으려구 애쓸 거 없다는 거야. (자신

의 작은 손가방을 들고 계단으로 향한다.)

루 실 : 멍청해? 그래 무덤에서 죽은 서방하구 청승이나 떨면서 네 인
생의 절반을 보내는 건 잘하는 거구?

도리스 : (층계머리에 서서) 자꾸 우리 그이를 끼워 넣지마!

아이다 : (올라가라구 손짓하며) 도리스.

루 실 : 매달, 비가 오나 눈이 오나 서방님 무덤 가에서 눈물짓는 열
녀, 도리스.

아이다 : 루실.

루 실 : 아마 저 애 남편도 귀가 멍멍할 거야. 저 애 수다 때문에.

도리스 : (다시 뛰어들며) 어떻게 그런……!

아이다 : 도리스, 네가 참아.

도리스 : 내가 왜 매번 그 이의 무덤에 찾아가는지 너 알잖아. 내 남편
은 그럴 만한 자격이 있어. 함께 지내던 그 세월 동안 그 이
는 날 한 번도 속인 적이 없어.

아이다 : 그만들 해둬.

루 실 : 그러시겠지.

도리스 : 단 한 번도!

아이다 : 도리스.

도리스 : (루실에게 다가가며) 속일 필요도 없었지. 우린 행복한 부부
였으니까. 누구처럼 엉망진창은 아니었다구.

루 실 : 경고하겠어.

아이다 : 루실 !

도리스 : 네 남편이 널 사랑하지 않았다고 해서 나까지 끌어넣지 말라
구!

(루실, 도리스의 얼굴에 술을 끼얹는다. 도리스가 가슴에 손을 얹고 거칠
게 숨을 몰아쉰다.)

아이다 : 괜찮니?

도리스 : 나…… 나…… 우유 좀 줘.

(아이다, 재빨리 우유잔을 들어 도리스에게 건네 준다.)

도리스 : 고마워. (잔을 들고, 입으로 가져가다가 우유를 루실의 얼굴
에 끼얹는다.)

아이다 : 됐어! 됐어! 그만들 하라구.

(아이다, 도리스와 루실이 얼굴을 닦는 동안 냅킨으로 카펫을 닦는다.)

아이다 : 도대체 왜들 이래? 자신들을 좀 보라구. 뭣 땜에 이러는 거
야?

도리스 : 무엇 때문인지 말해 볼까. 두 말할 거 없어. (루실을 가리키
며) 여기 있는 이 여자가 원하는 건 이 남자, 저 남자하
구……

루 실 : 오, 제발 그만 해둬!

도리스 : (아이다에게) ― 그리고 언니 ― 못나게도 샘의 뒤나 졸졸 따
라다니구.

아이다 : 바보 같은 소리 직직해!

도리스 : 바보 같다구? 우리가 샘에게 말하지 않았다면 언닌 셀마의
결혼식장에서 우스갯거리가 됐었을 거야.

아이다 : (놀라며, 혼란스러워져서) 뭐라구?

루 실 : 샘, 그 작자 되게 급했던 모양이야. 빠르기도 하지.

도리스 : 내 생각이 맞았지.

아이다 : 너희들이 그 사람한테 말했다구? …… (모든 것을 깨닫고 주
춤한다.) …… 그럼 다 알고 있었던 거야? …… 여지껏 나만

몰랐어?…… 내가 옷을 고르고, 화장을 하고 들떠 있을 때 너
흰 알았었단 말이지?

(도리스에게) 내가 마음 속을 다 털어놓고 있을 때 넌 알고
있었어.

(루실에게) 그가 밀드레드와 이 곳에 들어섰을 때 내가 바보
얼간이처럼 굴고 있던 모습을 재미있어 하며 바라보고 있었
단 말이지…… 너흰 알면서도……

(도리스에게) 네가 이해하지 못 할거라는 건 알고 있었어. 하
지만 그럴 줄은 정말 생각도 못했구나.

도리스 : 우린 그저……

아이다 : 내가 원했던 건 어떻게 되는 거지? 너희들 그걸 잠깐이라도
생각해 봤어? 너희들이 내 인생 책임질 거야?

루 실 : 우리가 걱정한 건 그저……

아이다 : (분노에 받쳐) 걱정은 무슨 얼어 죽을! 너희들이 날 걱정한 거
니? 자기들 생각밖에 없는 것들이.

(도리스에게) 내가 묘지에 안 가구. 내 인생을 찾으려는 게
그렇게 못마땅해!

(루실에게) 그리고 너, 샘이 니가 아니라 나한테 관심을 보이
는 게 견딜 수 없었던 거지?

루 실 : 난 남자라면 신물나는 사람이야.

아이다 : 샘은 달랐잖아!

루 실 : 난 그런 남자는 싫다구.

아이다 : 네가 꼬리치는 거 다 봤어. "우리 함께 묘지에 가요, 샘?" "당
신과 내가 함께 갈 수 있겠죠, 샘?"

루 실 : 난 그저……

아이다 : 그래 넌 그저 어떻게 하면 저 작자를 침대에 끌어들일 수 있
을까, 그 궁리뿐 아니니?

루 실 : 아니야!

아이다 : 네 남편 죽고 네가 한 짓이 다 뭐야!

루 실 : 난 그 이가 죽은 뒤에 어떤 남자하구도 잠자리 같이한 적 없
다구.

(포즈. 아디다와 도리스 서로를 바라본다.)

루 실 : 난 누구에게도 측은하게 보이기 싫었어. 절대루…… (포즈. 눈
물을 삼키며) 그 이가 무슨 짓을 했던 상관없어…… 만일 저
승에서 날 내려다본다면, 그 이에게 다른 남자와 함께 있는
내 모습을 보이고 싶었어. 내가 그랬던 것처럼 가슴 태우며
눈감아 버리도록 말이야. 삼년 동안…… 난 정말 그러고 싶
었어. 하지만 그럴 수 없더라구…… 단 한번도 (슬프게, 조용
히) 난 남자와 잤다는 말한 적 없어. 그저 나갔었다고만 했지.
여기저기 몇 남자 이름을 들추긴 했어도 그들과 잤다는 말은
한 번도 한 적이 없어. 언제나 언니와 네가 그렇게 말했지.
난 그걸 부인하지 않았을 뿐이라고.

아이다 : (포즈) 이제 자야겠어. (층계로 향한다.)

도리스 : 언니.

아이다 : 아무 방이나 써.

(아이다, 계단을 올라 침실로 퇴장. 도리스가 잠시 등을 보이고 섰다가
루실을 바라본다.)

도리스 : (부드럽게) 한 잔 더 할래? 자기 전에 마시는 술 있잖아.

루 실 : 난 그만 됐어. 충분해.

(도리스, 작은 손가방을 들고 층계를 올라간다. 멈춰 서서 아직도 등을 돌리고 섰는 루실을 바라본다. 무언가 말하려고 하나 말이 되어 나오지 못한다. 도리스가 침실로 퇴장하고 루실이 가발을 벗으면서 조명 페이드 아웃)

[3장]

아이다의 거실. 이튿날 아침.
방이 간 밤의 잔재들로 잔뜩 어지러져 있다.
숙취가 풀리지 않은 모습의 아이다가 가운을 걸치고 걸어 부엌으로 퇴장.
잠시 뒤 손에 물 컵과 아스피린을 들고 다시 등장. 소파에 앉아 여러 알의 아스피린을 입에 털어 넣는다.
루실, 마찬가지의 엉망인 모습으로 조깅 복을 입은 채 조심스럽게 층계를 내려온다.

루 실 : (아스피린을 보고) 다 먹은 거야?

아이다 : 왜?

루 실 : 남았으면 나도 먹게. 골이 끊어지는 거 같애.

(아이다가 아스피린과 물 컵을 넘겨 준다. 루실이 그것들을 받아든다.)

루 실 : 고마워. (물과 함께 몇 알의 아스피린을 털어 넣고, 아무 말도 않고 아이다를 바라본다.) 내가 샘에게 전화를 해서 자초지종을 설명할게.

아이다 : (화를 내며) 다 끝난 일을 갖고 왜 그래?

루 실 : 미안해. 끼어들지 말았어야 했는데. 우린 언니가 너무 빠져서…… 그래서…… 우리 세 사람의 관계가 깨져 버릴까 봐

무서웠던 거야.

아이다 : 이미 이젠 끝난 얘기야.

루 실 : (눈물을 글썽이며) 제발 날 미워하지 마.

아이다 : 그만둬. 왜 그래…… 널 미워하진 않아. 잠시 꼴 보기 싫을 뿐이지. (일어서며) 청소나 도와 줘. 이 꼴이 뭐람.

루 실 : 조금만 치우면 다시 말끔해질 걸 뭐.

(두 사람이 청소를 시작한다. 잠시 뒤 아이다가 루실에게 돌아온다.)

아이다 : (갑자기 멈춰 서며) 내가 그렇게 이해심 없는 여자로 보였어?

(루실, 어떻게 대응할지를 모른 채 아이다를 바라본다. 아이다 루실을 끌어안고 얼굴을 두드린다. 그리고는 다시 청소로 돌아간다. 지난 밤 화장할 때 사용했던 거울을 집어들고는 자신의 얼굴을 비추어 본다.)

아이다 : 맙소사.

루 실 : 왜 그래?

아이다 : 미래를 보고 있는 것 같애. 죽은 지 삼 년은 된 몰골일세.

(함께 웃는다.)

아이다 : 볼에 색조를 강조하려면 흑색 아이섀도를 발라야 할 것 같아.

(웃는 중에 초인종이 울린다.)

아이다 : 누구지?

루 실 : 셀마가 이혼했다구 전갈을 보낸 모양인데.

아이다 : (창문을 내다보며) 오, 이런!

루 실 : 누군데?

아이다 : 샘이야.

(루실, 열심히 매무새를 고친다. 아이다가 문을 열자 샘이 들어선다. 다소 걱정되고 불안한 모습이다.)

샘 : 잘 잤소, 아이다?

아이다 : 네, 안녕히 주무셨어요?

샘 : 루실, 안녕하세요?

루 실 : 안녕하세요? 샘.

샘 : 도리스는 갔나요?

루 실 : 아직 자요. 어제 밤 돌아와서 늦게 잤거든요. 아시죠? 여자들 수다.

샘 : 잠시 아이다와 둘이서 얘기할 수 있을까요?

루 실 : 오, 그럼요. 난…… 그럼…… 차나 좀 끓여 올게요.

(부엌쪽으로 간다. 가구들을 붙잡고 겨우 균형을 유지해 걷는다. 퇴장.)

샘 : (용기를 내어) 난, 음…… 난…… 저…… 무슨 말을 해야 할지 모르겠군요. 그저 와서 당신을 만나야 한다고만 생각했습니다. 내가…… 말하고 싶은 건…… 당신과 이대로 끝내기는 싫다는 겁니다.

아이다 : (단호하게) 이미 끝난 걸요.

샘 : 그건, 내가 이제 깨달았다는 겁니다…… 그러니까 내 말은 우리 사이가…… 어쩌면 나아질 수도 있다는 거죠.

아이다 : 난 준비가 돼 있지를 못했어요.

샘 : 나도 그랬소. 돌이켜보니 참 경솔했던 것 같아요. 난 두려웠었죠. 도망치고 싶었어요. 루실과 도리스의 말을 듣는 순간 핑계거리가 생겼죠. 셀마의 결혼식에 당신과 함께 간다는 건……

아이다 : (화가 나서) 그래서 밀드레드와 가셨잖아요.

샘 : 이니에요. 진정이 아니었어요. 그게 편할 것 같았죠. 결국 당신이나 밀드레드 모두에게 못할 짓을 하고 말았습니다.

아이다 : 그래요.

샘 : 아이다. 당신과 이 곳에서 보낸 그 날 오후가 아내가 죽은 이래로 내겐 가장 즐거웠던 순간이었어요. 함께 외출했던 밤들은 행복했다구요. 당신과 만날 때마다 죽은 아내의 모습은 희미해졌죠. 그게 내게 생긴 변화였습니다. 처음으로 다른 여자를 죽은 아내와 비교하지 않게 된 겁니다. 당신이라는 존재 자체만으로 행복했으니까…… 난 그게 두려웠소.

아이다 : (포즈) 한 가지 알고 싶은 게 있어요. 지난 두 주 동안…… 내가 보고 싶었었나요?

샘 : 그래요. (거의 두려움에 빠진 듯) 당신은?

아이다 : (무심히) 당신은 늘 내 마음 속에 있었어요.

샘 : (포즈) 난 내 인생에서 한 여자를 잃었소. 어찌해 볼 수도 없이 말이오. 이제 할 수만 있다면 당신마저 잃고 싶지는 않소.

(아이다, 눈물을 글썽이며 샘을 바라보다 울고, 웃고 한다.)

샘 : 왜 그래요?

아이다 : 바로 지금 어딘가에서 당신의 아내와 내 남편도 한 바탕 웃어제치고 있을 거란 생각이 들어요.

샘 : 그렇게 생각해요?

아이다 :　네.

(루실이 차를 가지고 들어와 조심스레 식탁 위에 놓는다.)

샘　：　(루실에게) 차는 그만두고 나가서 식사를 하는 게 어때요?

루 실：　(입이 벌어지고 음식생각에 시장기가 돈다.) ……식사요?

샘　：　(흥분해서) 그리고 나서 아이스크림을 먹으러 갑시다. 다시 아
　　　이가 된 느낌이오.

아이다 :　아이스크림이오?

루 실：　좋아요. 아직 아무것도 못 먹었거든요.

아이다 :　물 한 모금두요.

샘　：　(아이다에게) 그럼 가서 옷을 갈아 입고 도리스를 깨우세요.

루 실：　(아이다에게) 그래 서둘러 도리스는 저러다 굶어 죽겠다.

아이다 :　그래 그럼. (위층 침실로 퇴장)

루 실：　(샘에게 다가서며) 미안해요 샘. 괜히 끼어들어서.

샘　：　(미소지으며 그녀의 손을 잡는다.) 어디로 갈까요?

루 실：　어디든 좋으신 대로요.

샘　：　그럼 런던가에 있는 중국음식점으로 갈까요?

루 실：　클라인 식당 말인가요?

샘　：　아니오. 그건 유니온 턴 파이크에 있는 한국식당이죠. 제가 말
　　　하는 건 마니 페킹 식당이에요.

루 실：　오. 거긴 저두 알아요. 화장 좀 할게요. (가방에서 립스틱을 꺼
　　　내 거울 앞에 서서 바른다.) 제 남편 말고는 화장 안한 제모
　　　습을 본 건 당신뿐이라는 거 알아두세요.

샘　：　화장 안한 모습이 더 아름다운 것 같던데.

(아이다, 천천히 층계를 걸어 내려오다 멈춘다. 층계에 얼어붙어 방을 응

시한다.)

루 실 : (고개도 들지 않은 채) 일어났어?

(아이다, 대답이 없다.)

루 실 : 언니, 도리스 일어 났냐구?

(대답이 없다.)

루 실 : (조용히) 맙소사. (아이다를 지나쳐 계단 위로 뛰어올라가 침
        실로 퇴장.)
아이다 : (충격으로 얼어 붙은 채) 샘?
샘   : 나 여기 있어요.(샘, 그녀에게로 간다. 아이다가 팔을 벌려 그
        를 끌어안는다.)
샘   : 나 여기 있어요.

(두 사람이 포옹을 한 채 조명 페이드 아웃)

[4장]

묘지, 에이브의 무덤, 늦은 오후.
에이브의 무덤 옆에 새로 생긴 무덤이 있다. 아직 비석은 없고 작은 표지판이 땅
에 박혀 있을 뿐이다. 1막에서보다는 날씨가 쌀쌀해졌다. 하늘은 회색이고 나뭇잎
은 대부분 떨어지고 갈색으로 변했다.
루실 모피코트를 입고 등장. 모자를 쓰고 손가리개도 하고 있다. 그리고 도리스의
접는 의자도 들고 있다. 무덤 쪽으로 다가가 의자를 펴고 앉는다.

아이비 덩굴에서 죽은 나뭇잎을 따낸다. 아이다가 등장한다. 한쪽에 서서 루실의 모습을 지켜본다. 루실은 아이다가 온 것을 의식하지 못한다.

잠시 뒤 아이다가 루실에게 다가간다.

루 실 : (그녀를 보지도 않은 채) 관리인들은 뭘 하는지 모르겠어. 손 질 좀 해야지.

아이다 : 나뭇잎이 다 떨어질 때까지 기다리는 거지. 한꺼번에 쓸어 내 려고 말야.

루 실 : 그럼 안 되는데.

아이다 : (부드럽게) 어떻게 할 거야?

루 실 : (포즈. 일어나며) 남편 무덤은 괜찮아?

아이다 : 응 괜찮아. 네 남편 무덤은?

루 실 : 그렇지 뭐…… 샘은 저쪽에 있어?

아이다 : 응.

루 실 : 부인 무덤?

아이다 : 그래. (포즈) 셀마가 오늘 아침 전화했더라.

루 실 : 어떻게 지낸데?

아이다 : 아주 행복한가봐. 깨소금 맛이겠지 뭐.

루 실 : 농담이겠지.

아이다 : 결혼식 사진이 나왔대. 우리 세 사람 함께 찍은 사진도 있다 더구나.

루 실 : 언제 찍었지?

아이다 : 제대로 찍은 게 아니구, 우리 두 사람이 열심히 먹어대고 도리 스가 치킨을 가방 속에 집어 넣는 모습이 우연히 찍혔나봐.

(함께 웃는다. 샘 등장. 무덤 쪽으로 걸어와서 아이다 곁에 선다. 아이다 그의 손을 잡는다.)

루 실 : 안녕하세요?

샘 : 안녕하세요?

루 실 : 재미 어떠세요?

샘 : 좋아요. 어때요?

루 실 : 그저 그렇죠 뭐.

샘 : (포즈) 도리스가 몇이나 됐죠?

루 실 : 글쎄…… 잘 모르겠어요.

아이다 : 몇 살이든 아직 한창인데.

샘 : 다들 그렇죠. 제 아내도 쉰 셋에 떠났죠.

루 실 : 참 힘드셨겠어요.

샘 : 늘 내가 먼저 가려니 했었는데.

아이다 : 어디 그게 뜻대로 되는 건가요.

루 실 : 우리 그런 우울한 얘긴 그만해. (샘에게) 그런 얘기 해 봐야
무슨 소용있나요?

샘 : 그렇죠.

루 실 : (비통하게) 원래 마음먹은 건 늘 안 되게 마련이죠.

아이다 : 그런 얘기 그만 두자며. (포즈)

샘 : (아이다에게) 이제 우린 가 봐야 할 것 같소.

루 실 : 함께 어디가요?

샘 : 아들 녀석 집에 들리기로 했어요.

아이다 : 함께 이 사람 손주를 만날 생각이야.

루 실 : (아이다에게) 그럼 언제 다시 올 거지?

아이다 : 글쎄…… 잘 모르겠어…… 날도 점점 추워지고.

루 실 : 그래.

아이다 : 어이구 그렇게 좋은 코트만 있으면야.

루 실 : 싸게 산 거야.

아이다 : 그래. (포즈) 안 가니?

루 실 : 먼저 가. 난 조금만 더 있다 갈께.

(샘, 작은 돌멩이를 하나 주워 도리스의 무덤 위에 놓는다. 아이다도 허리를 굽혀 돌멩이 하나를 줍는다. 오랫동안 도리스의 무덤을 바라보며 눈물을 삼킨다. 주운 돌에 키스를 하고 표시대 옆에 놓는다. 일어나서 루실과 키스한다. 두 여인 강하게 포옹한다.)

아이다 : 전화할게.

루 실 : (샘에게) 운전 조심하세요.

샘 : (루실에게) 너무 상심하지 마세요.

(샘이 루실의 뺨에 키스하고 아이다와 함께 팔짱을 낀 채 루실 잠시 그들을 바라보다 눈에 눈물이 가득하다. 다시 무덤을 바라보다 의자에 앉는다.)

루 실 : 참 좋아 보이지? 해가 가기 전에 결혼할 거라구들 그래. 근사할 거야. 음식상에 고기하나는 좋을 거야…… 너 같으면 한 몫 잡을 수 있을 텐데…… 나하구 셀마가 들러리를 설 것 같애…… 교대로 하는 거지 뭐…… 셀마가 남의 결혼식 들러리를 서다니 말야. (웃는다. 그리고 웃음을 멈추며) 어울리는 한 쌍이 될거야. (포즈) 이제 자주야 못 만나겠지. (눈물을 삼킨다.) 이게 다 뭐야. (루실 덩굴에서 잎을 떼어낸다. 동작이 점점 빨라지다가 결국은 마구잡이가 된다.) 나뭇잎은 떼어내서 뭘해? 남은 평생 무덤이나 돌보면서 지내야 하는 거니? 빌어먹을, 매달 여길 와야 하는 거냐구!
(흐느끼기 시작하면서, 나뭇잎, 돌멩이, 닥치는 대로 움켜쥐고 무덤을 치면서 통곡한다. 마침내 울음을 멈추고 일어선다. 천천히 슬프게) 니가 그리울 거야. 도리스

(애써 침착하려구 한다.) 하지만 매달 올 수 있을 것 같지는 않구나. 여기서 참 많은 시간을 같이 보냈지? 무슨 상관이람. 이제 다 잊어버릴 거야! ······ 네가 춤추던 모습만 기억할께. 날 욕하던 모습만 기억할께. 치킨을 꺼내 놓던 모습만······ (허리를 굽혀 돌멩이 하나를 주워 올린다. 돌멩이를 가슴에 품은 채 무덤을 바라본다.) 그래······ 언제든······ 또 보자. (가져온 의자를 집어들다가 마음을 바꾸고, 의자를 무덤 옆에 놓는다. 코트를 입고 손가리개를 낀 뒤 떠나려다 다시 무덤을 돌아본다.) 그리고, 우리 그 이 만나거든······ 전해 줘······ 내 작별 인사를 말이야.

(천천히, 하지만 멈추지는 않고 걸어서 퇴장. 묘지와 도리스의 무덤에서 조명 페이드 아웃)

최용훈   관동대학교 문과대학 교수(영어영문학)
연극평론가 / 영문학박사
KBS 국제방송 영문작가
『마스터 클래스』,『셜리 발렌타인』,『토이어』,『혼자 사는 세 여자』 외
나수의 희곡 빈역 · 공연

페미니즘 희곡선

1판 1쇄 인쇄 / 2000년 2월 1일
1판 1쇄 발행 / 2000년 2월 5일

옮긴이 / 최용훈
펴낸이 / 이찬규
펴낸곳 / 북코리아
등록 / 제10-1519호
주소 / 140-230 서울시 용산구 동빙고동 251-1번지 201호
대표전화 / (02) 792-1007
팩시밀리 / (02) 795-0210
인터넷 / sun363@unitel.co.kr

값 10,000원

ISBN 89-89316-03-0   93840